CHARLES LEWINSKY

Mattscheibe

Buch

Dante erzählte vom Inferno, doch er war nie wirklich dort. Anders Charles Lewinsky: Er berichtet live aus dem Herzen der Finsternis. Es gibt kaum eine deutschsprachige Unterhaltungssendung, die er nicht irgendwann beliefert hätte. Und deshalb ist *Mattscheibe* beinahe ein Tatsachenroman. Es treten auf und machen mit: Ein TV-Unterhaltungschef, der sich bei der Programmkonzeption ganz auf den eigenwilligen Geschmack seiner Putzfrau verläßt; ein TV-Arzt mit »Krankenbett-Gesicht«, der unversehens zum Wunderheiler wird; ein Politiker, der um seinen Sitz im Kabinett bangt und sich zwecks Popularitätssteigerung vor laufender Kamera in Unterhosen zeigt; ein Volksmusikant, der nur zu gerne einen Rollstuhlfahrer mimt, wenn er dafür auf eine goldene Schallplatte hoffen darf, u.v.a.

Charles Lewinsky gibt einen scharfzüngigen und pikanten Einblick in die verrückte Fernsehwelt, die unendlich scheinheilig, flach- und schwachsinnig ist, wie das wahre Leben!

Autor

Charles Lewinsky wurde 1946 in Zürich geboren. Er arbeitete an verschiedenen Bühnen als Dramaturg und Regisseur, bis er Redakteur beim Fernsehen wurde. Seit 1980 ist er freier Autor. Er schrieb TV-Shows für alle deutschsprachigen Sender, Liedertexte, Hörspiele, Theaterstücke und Bühnenshows. Charles Lewinsky lebt und arbeitet in Berlin.

Von Charles Lewinsky außerdem bei Goldmann erschienen:

Die Talkshow. Roman (44246)

Charles
Lewinsky

Mattscheibe

Roman

GOLDMANN

Umwelthinweis:
Alle bedruckten Materialien dieses Taschenbuches
sind chlorfrei und umweltschonend.

Der Goldmann Verlag
ist ein Unternehmen der Verlagsgruppe Bertelsmann GmbH.

Taschenbuchausgabe 11/99

Umschlaggestaltung: Design Team München
Umschlagillustration: Uli Gleis
Satz: IBV Satz- und Datentechnik GmbH, Berlin
Druck: Elsnerdruck, Berlin
Verlagsnummer: 44247
JE · Herstellung: Sebastian Strohmaier
Made in Germany
ISBN 3-442-44247-8

1 3 5 7 9 10 8 6 4 2

Für Heinz Gietz,
der sie alle gekannt hat.

Im Fernsehen haben die Würstchen
die Macht übernommen
und als erstes den Senf abgeschafft.

PETER GERLACH

Die Personen in der Reihenfolge ihres Auftritts:

Herr Marhenke,
eine gar nicht so graue Showbusiness-Eminenz;

Minister Keller,
der gern auch mal beliebt wäre;

Dr. Dünsheimer,
sein Berater für PR, Medien und überhaupt;

Waschoda,
ein Unterhaltungschef, der ein Geheimnis hat;

Rößler, Beinhacker und Schmidt-Schmitt,
drei Redakteure, die kein Geheimnis haben;

Katharina M,
eine Quizkandidatin, die vom Rampenlicht geblendet wird;

Siegfried Esche,
der als Dr. Patrizius wahre Wunder vollbringt;

Martha Fiedler,
die ihn anbetet;

Garhammer,
der nicht objektiv ist, weil er selber im Rollstuhl sitzt;

Hagerer,
ein Quizmaster, der schreiben läßt;

Herzlinde Wiegandt,
die weiß, was die Leute lesen wollen;

Frau Gutermuth,
die mit der Stimme des Volkes spricht;

Udo Reibedanz,
ein Produzent, der sich für die Kultur aufopfert;

Balthasar Pfau,
der wortmächtige Besitzer einer Planstelle;

Thilo Schmedes,
der große Star des großen Samstagabends;

Lois Fanderl,
ein Volksmusiksänger, der es zu etwas bringt;

und viele, viele andere!

I

Es fing damit an, daß Herr Marhenke einem Krüppel begegnete. Der Krüppel hatte sich mit dem linken Rad seines Rollstuhls in einer Straßenbahnschiene festgefahren, kam weder vor- noch rückwärts und hinderte so den Mercedes des Herrn Marhenke an der Weiterfahrt.

Damit wir uns recht verstehen: »Krüppel« ist ein Wort, das Herr Marhenke niemals verwendet hätte. Er hatte viele Millionen an den Gefühlen seiner Mitmenschen verdient, und mit jeder Million war sein Umgangston milder geworden. Wenn er in einem Interview von dem Glück sprach, das die von ihm produzierte Musik ihren Hörern bereitete, dann nahm seine Stimme die Konsistenz wohlduftender Vaseline an, und jeder Geschäftspartner, den Herr Marhenke über den Tisch gezogen hatte, verließ das altdeutsche Privatbüro so beseligt, als hätte er gerade eine Privataudienz beim Papst hinter sich und die goldenen Schallplatten an den Wänden wären lauter Heiligenbilder gewesen.

Und so zeigte denn Herr Marhenke, obwohl er für seinen nächsten Termin schon wieder zu spät dran war, nicht seine übliche Ungeduld, sondern tadelte sogar seinen Fahrer, als der mit einem gemurmelten »So was gehört nicht auf die Straße!« versuchte, sich den Weg freizuhupen.

»Aber Herr Siebenzahl! Bedenken Sie doch: ein Behinderter!«

Die Wirkung dieser sanften Ermahnung war frappierend. Siebenzahl, den Herr Marhenke doch gerade eingestellt hatte, weil er sich mit der Rücksichtslosigkeit eines Dschungelkämpfers durch jeden Stau zu wühlen verstand, stellte den Motor ab, löste den Sicherheitsgurt, stieg aus und schob den Rollstuhl des Behinderten fürsorglich auf den Bürgersteig. Aus der ledergepolsterten Tiefe des Wagens sah Marhenke fasziniert zu, wie Siebenzahl darin in die Tasche griff, seinen Geldbeutel herausholte und dem fassungslosen Rollstuhlfahrer einen Zehnmarkschein in die Hand drückte.

»Sagen Sie mal, Siebenzahl«, fragte Marhenke, als sie wieder unterwegs waren, »warum haben Sie dem Mann eigentlich Geld gegeben?«

»Er hat mir halt leid getan«, antwortete der Fahrer, und wie um zu beweisen, daß er deswegen keineswegs zum Softie geworden war, quetschte er den Mercedes um Haaresbreite an einer Frau mit Kinderwagen vorbei.

Herr Marhenke holte den legendären Notizblock aus der Tasche, der schon in so manchem Porträt über ihn eine prominente Rolle gespielt hatte. Mit dem ebenso legendären altmodischen Füllfederhalter notierte er sich das Wort »Krüppel«. Nach kurzem Überlegen strich er die Notiz durch und ersetzte sie durch »Behinderte«. Auch dieses Wort wurde durchgestrichen. Herr Marhenke riß das Blatt ab und dachte nach. Ein seliges Lächeln, wie beim Lesen eines Kontoauszuges, überzog sein Gesicht. Leise sprach er beim Aufschreiben die Worte mit: »Aber die Lieder sind frei!«

2

Zur selben Zeit saß Minister Keller in seinem Bonner Büro und fuhr mit dem Zeigefinger die Zahlenkolonnen entlang, die seine Sekretärin für ihn angestrichen hatte. Er bewegte beim Lesen die Lippen, wie er es immer tat, wenn ihm eine Sache nicht in den Kopf wollte, und sein Doppelkinn begann zu zittern, als ob er gleich anfangen würde zu weinen. In seiner runden Hilflosigkeit entsprach er in diesem Augenblick genau dem unfreundlichen Übernamen, mit dem ihn die Karikaturisten und Kommentatoren seit dem Tag seines Amtsantrittes piesackten: »Baby« Keller.

Als die Bezeichnung damals zum ersten Mal aufgetaucht war, in einer beleidigend ähnlichen Karikatur, die ihn in den Armen des Bundeskanzlers darstellte, an einem Fläschchen mit der Aufschrift »Subventionen« nuckelnd, da hatte Keller einen geharnischten Brief an den Chefredakteur der Zeitung aufgesetzt, mit dem Entzug sämtlicher Inserate im Rahmen der häufigen Informationskampagnen seines Ministeriums gedroht und auch nicht vergessen, in einem PS darauf hinzuweisen, daß ihm bestimmt niemand den Sinn für Humor absprechen könne, daß man aber von einer Zeitung, die der Regierungskoalition grundsätzlich positiv gegenüberstünde, doch wohl verlangen dürfe, daß sie... Er war mit dem Schluß des Satzes nie ganz zu Rande gekommen, und die ganze Sache hatte sich dann auch erledigt, weil ihn Dr. Dünsheimer davon überzeugt hatte, daß »Baby« als prinzipiell positiv besetzte Assoziation zu werten sei und daß einem Politiker im Grunde nichts Besseres passieren könne, als im Bewußtsein der Öffentlichkeit mit einem Wesen in Verbindung gebracht zu werden, dem nach tiefverwurzelter kultureller Tradition der Schutz und die Fürsorge aller zu gelten habe.

Und jetzt das! Minister Keller überflog noch einmal die Zahlen der Umfrage, aus denen zweifelsfrei hervorging, daß er nicht nur, knapp vor dem Finanzminister, das zweitunbeliebteste Kabinettsmitglied der Republik war, sondern auch, knapp vor dem Wissenschaftsminister, das unbekannteste. Dann tat er, was sich in Zeiten politischer Krisen schon immer bewährt hatte: er bestellte Dr. Dünsheimer zu sich.

Wenn Minister Keller ein verunsichertes Baby war, dann war Dr. Dünsheimer, um im Bild zu bleiben, sein zuverlässiger Kinderarzt. Allein schon wie er dasaß, hatte etwas ungeheuer Professionelles: den lederbesetzten Ellenbogen des original englischen Jacketts locker auf den Schreibtisch gestützt, während die Hand die Pfeife zum Munde führte.

»Ja«, sagte Dr. Dünsheimer und stieß eine Rauchwolke aus wie ein indianisches Signal, »wir stehen vor einem Problem.«

Minister Keller nickte düster.

»Ich würde sogar sagen: Wir stehen vor einem ernsthaften Problem.«

Minister Kellers Kinn begann wieder zu zittern.

»Das aber keineswegs unlösbar ist.«

Minister Keller rieb sich mit dem Zeigfinger am Kinn. Das sah nachdenklich aus und brachte das Zittern zum Stillstand.

»Es steht außer jedem Zweifel«, fuhr Dr. Dünsheimer fort und wirkte immer mehr wie ein Kinderarzt, der die Familie schon seit Generationen erfolgreich vor Röteln,

Mumps und Masern bewahrt hatte, »es steht außer jedem Zweifel, daß dringende Maßnahmen geboten sind, um Ihre Akzeptanz in der breiten Öffentlichkeit grundsätzlich zu erhöhen.«

»Vor allem, da nächstes Jahr Wahlen sind«, warf Minister Keller eifrig ein, und Dr. Dünsheimer nickte ihm zu wie einem Kleinkind, das auf Aufforderung brav »ah« gemacht hat.

»Vor allem, da nächstes Jahr Wahlen sind, sehr richtig. Unsere Anstrengungen zur besseren Profilierung und Positionierung Ihrer Persönlichkeit müssen deshalb auf den Short-term-Effekt ausgerichtet sein.«

»In meinem Ressort hat man nicht so viele Profilierungsmöglichkeiten. Als Finanzminister kann man immer noch eine Steuersenkung ...«

Dr. Dünsheimer sog verständnisvoll an seiner Briar.

»Und schon wieder eine Broschüre über die Leistungen des Ministeriums... Von der alten liegt noch der ganze Heizungskeller voll. Vielleicht war es doch ein Fehler, daß wir sie nur auf Anforderung verschickt haben.«

»Möglich.« Dr. Dünsheimer hatte in der Glut seiner Pfeife eine winzige Unregelmäßigkeit entdeckt und behob sie hingebungsvoll mit dem Stopfer.

»Was können wir denn noch tun?«

Bevor Baby Kellers Kinn schon wieder zu zittern beginnen konnte, bot ihm Kinderarzt Dr. Dünsheimer die rettende Medizin. »Da gibt es nur noch eines«, sagte er. »Sie müssen in einer Unterhaltungssendung auftreten.«

3

Zur selben Zeit schob Unterhaltungschef Waschoda die Halbbrille auf die Nasenspitze und studierte das Flaschenetikett mit der mißtrauischen Genauigkeit eines Briefmarkenhändlers, dem unvermutet eine Blaue Mauritius auf den Ladentisch gelegt wird.

»Champagner?« fragte er. »Und erst noch eine sehr anständige Sorte? Was ist denn mit euch los? Sonst habt ihr eure Wettschulden doch immer mit billigem Sekt bezahlt.«

Seine Redakteure lächelten ihn so harmlos freundlich an, wie sie sich das im Umgang mit temperamentvollen Stars und auf Skandale lauernden Presseleuten angewöhnt hatten.

»Der teuerste Champagner erschien uns in diesem Fall nicht mehr als billig«, sagte Rößler, der ein gottbegnadeter Heuchler war. Da er sowieso immer so aussah, als ob er löge, hatten sich seine Mitmenschen der Einfachheit halber daran gewöhnt, ihm lieber gleich alles zu glauben.

»Eine Einschaltquote auf die Stelle nach dem Komma genau voraussagen – einfach Zucker!« Das war das dünne Stimmchen von Beinhacker, dessen feingliedriges Äußeres in völligem Kontrast zu seinem grobschlächtigen Namen stand.

»Wie schaffen Sie das bloß jedesmal?« fragte Schmidt-Schmitt und schaute unauffällig auf die Uhr. »Den Trick müssen Sie uns verraten!«

Waschodas Voraussagen über den Erfolg von Sendungen waren auch wirklich unheimlich. Nicht nur, daß er mit seinen Tips jedesmal die traditionelle Sektwette in der Abteilung gewann – nein, seit seinem Amtsantritt vor mehr als vier Jahren hatte er sich überhaupt noch nie um mehr als einen Prozentpunkt verschätzt. Er schien den absoluten Riecher für den Geschmack seiner Zuschauer zu besitzen und hatte damit seinen Sender zur unbestrittenen Nummer eins in der Gunst des Publikums gemacht. Sein Intendant liebte und der Rundfunkrat lobte ihn dafür, die Boulevardblätter bejubelten seine Sendungen, und die Kulturzeitungen – was als Erfolgsausweis noch viel wichtiger war verdammten sie regelmäßig in Grund und Boden. Daß eine solche Erfolgsserie nicht auf reiner Intuition beruhen konnte, darüber waren sich Waschodas Redakteure einig. Intuition hatten sie selber, und das Ergebnis waren ebenso viele Flops wie Hits. Deshalb hatten sie beschlossen, ihren Chef heute, koste es, was es wolle, besoffen zu machen, um ihm endlich das Geheimnis seiner Treffsicherheit zu entlocken.

»Ich tippe ja auf ein Computerprogramm.« Rößler füllte Waschodas Glas wieder auf.

»Unmöglich«, sagte Beinhacker. »Kein Computerprogramm der Welt hätte einer Sendung wie ›Grün ist die Musike‹ mehr als 25 Prozent Einschaltquote vorausgesagt!« Er selber hatte, im unverbesserlichen Vertrauen auf den guten Geschmack des Publikums, auf 18 getippt. Das Ergebnis waren 32,4 gewesen.

Waschoda lächelte mild. »Ein Computer ist für mich ein Gerät, das Rechnungen verschickt, und sonst gar nichts.«

»Er hat einen Hund zu Hause«, sagte Schmidt-Schmitt, der den Alkohol schlecht vertrug. »Er spielt dem Hund die Sendung vor, und je schneller der mit dem Schwanz wedelt, desto besser kommt sie an. Wau wau.«

Rößler ließ den nächsten Korken knallen. »Oder es ist eine Meinungsumfrage. Irgendein Institut muß ein neues System entwickelt haben, viel genauer als alle anderen. Das einzige, was ich nicht verstehe: Wo in unserem Budget sind die Kosten dafür versteckt?«

»Das sind doch keine Kosten«, sagte Schmidt-Schmitt. »Ein bißchen Hundefutter und ab und zu ein Knochen.«

»Ich verstecke nie Kosten im Budget«, sagte Waschoda. »Ich lasse höchstens bei der Gestaltung der Ausgabeposten die in meinem Anstellungsvertrag geforderte Kreativität walten.«

»Dabei war die Sendung noch nicht einmal richtig schlecht«, jammerte Beinhacker. »Wenn sie total fürchterlich gewesen wäre – dann hätte ich den Erfolg ja noch verstanden.« Die jahrelange Zuständigkeit für Volksmusiksendungen hatte ihn vom Ästheten zum Zyniker werden lassen.

Rößler versuchte es mit einem Angriff über die Flügel. »Ich würde ja sagen, unser Chef ist einfach ein Genie. Ich sage es bloß nicht, weil man es mir als Schmeichelei auslegen könnte. Und ich habe in meinem Leben noch nie jemandem nach dem Munde geredet. Noch nie. Verdammt noch mal, Chef« – in seinem Ton mischte sich jetzt kollegiale Raubauzigkeit gekonnt mit liebedienerischer Unterwürfigkeit –, »verdammt noch mal, eigentlich sollte ich schon lange im Studio sein und mich um meine Sendung kümmern. Aber ich bleibe hier sitzen, bis Sie uns verraten, wie Sie das jedesmal machen!«

Doch Waschoda verriet es nicht, auch nicht zwei Stunden und mehrere Flaschen später, als Schmidt-Schmitt schon lange nur noch lallte, während Beinhacker vor dem wortlos besoffenen Rößler auf den Knien lag und schluchzend erklärte, eigentlich sei er ja Kunstgeschichtler und habe über Degas' Verhältnis zu Frauen dissertieren wollen.

4

Zur selben Zeit saß Katharina M im teuersten Frisiersalon ihres Lebens vor dem Spiegel und versuchte sich darüber klar zu werden, ob sie auf ihren neugestalteten Kopf mit Begeisterung oder Verzweiflung reagieren sollte.

Damit wir uns recht verstehen: Katharina hieß natürlich nicht M, sondern hatte einen durchaus gängigen gutbürgerlichen Namen. Aber da sie in den kurzen Tagen ihres Ruhms als Katharina M in den Schlagzeilen stehen sollte, die Diskretion dieser Bezeichnung durch die großformatigen Fotos ihres markanten Gesichtes nur unwesentlich geschmälert, und da ihr Fall als der Fall M sogar Anlaß zu einer medienwissenschaftlichen Doktorarbeit geben sollte, darf ihr diese verkürzte aber unmißverständliche Bezeichnung auch in dieser Chronik nicht vorenthalten werden.

Wie sich Frau M im Spiegel betrachtete, erinnerte sie ihr Kopf an nichts so sehr wie an einen Igel. Im festen Glauben an Gott, vernünftige Schuhe und eine betonharte Dauerwelle aufgewachsen, hätte sie sich am liebsten hinter einem der postmodernen Säulchen versteckt, die ohne erkennbare architektonische Funktion überall aus dem Boden wuchsen, aber angesichts der hohen und nicht mehr rückgängig zu machenden Investition entschloß sie sich dann doch zu einem zaghaften Lächeln.

»Meinen Sie... meinen Sie wirklich, ich kann das tragen?«

»Wer ein Gesicht hat wie Sie, gnädige Frau, der kann getrost alles tragen«, antwortete der Friseur und machte durch die Eleganz seiner aus der Hüfte angedeuteten Verbeugung die Enttäuschung mehr als wett, die er Frau M mit der Tatsache bereitet hatte, daß er Egon hieß. Bei den Preisen hätte sie zumindest einen Jacques oder François erwartet.

»Es ist nämlich heute abend besonders wichtig, daß ich gut aussehe«, sagte sie und versuchte aus den Augenwinkeln einen Blick auf ihr Profil im Spiegel zu erhaschen.

»Lassen Sie mich raten«, sagte Egon, der sich wie alle Friseure für einen Menschenkenner hielt. »Eine Familienfeier, stimmt's? Eine Verlobung, habe ich recht? Ihr Sohn? – Oder Ihre Tochter natürlich«, fügte er mit der Bescheidenheit des großen Propheten hinzu, der es sich bei seiner generellen Allwissenheit durchaus leisten kann, eine Unsicherheit im Detail einzugestehen.

»Um Himmels willen! Sehe ich so alt aus?«

»Sie sehen bezaubernd aus, gnädige Frau. Absolut bezaubernd.«

Katharina M bekam nur selten Komplimente und wurde deshalb redselig davon. »Ich habe überhaupt keine Kinder, wissen Sie. Es hat sich einfach nie ergeben. Man hat ja immer soviel zu tun, im Beruf und überhaupt.«

»Sie sind Geschäftsfrau, das habe ich gleich gemerkt.«

»Gewissermaßen«, antwortete Frau M, die seit vielen Jahren einen Zeitschriftenkiosk führte. »Aber heute abend ist kein geschäftlicher Anlaß.«

Egon beschloß, etwas für sein Trinkgeld zu tun. »In diesem Fall«, sagte er und wischte ein imaginäres Haar von Frau Ms Nylonbluse, »in diesem Fall kann es sich nur um ein Rendezvous handeln.«

Frau M lächelte beglückt. Mit der neuen Frisur war sie jetzt endgültig versöhnt.

»Wenn Sie es genau wissen wollen«, sagte sie, »dann sollten Sie heute abend den Fernseher einschalten!«

5

Zur selben Zeit verließ der Schauspieler Siegfried Esche, dem Publikum besser bekannt als Hausarzt Dr. Patrizius aus der gleichnamigen Serie, am Arm einer hübschen jungen Dame die Wohnung an der Spiegelstraße, wo er an drehfreien Nachmittagen gern begabte Nachwuchskünstlerinnen am reichen Schatze seiner Erfahrungen teilhaben ließ. Mit einer Geste, die jeder Fernsehzuschauer sofort erkannt hätte, kontrollierte er noch einmal den Sitz seiner Krawatte, und mit einem ebenso automatischen Griff, den man auf dem Bildschirm allerdings noch nie gesehen hatte, überprüfte er, ob sein Hosenschlitz geschlossen war.

»Eine Szene im Wartezimmer kann ich dir garantieren, Liebes«, sagte er mit seiner sonoren Stimme. »Ob auch ein paar Sätze drin sind... Ich werde mein Bestes tun, aber ich bin halt auch nur ein kleines Rädchen in der großen Maschine.«

»Du bist ein wunderbarer Mann!« Esche nahm das Kompliment mit großer Selbstverständlichkeit auf. Er hörte es nicht zum ersten Mal.

»Die Kamera ist unbestechlich«, antwortete er. Das machte im Zusammenhang zwar keinen Sinn, klang von ihm gesprochen aber wie eine tiefe Weisheit.

»Sehen wir uns bald wieder?«

»Man soll dem Glück nicht in die Karten schauen wollen.« Diesen Satz hatte Esche in einer der ersten Folgen seiner Serie gesprochen, und dessen unverbindliche Bedeutsamkeit war ihm seither schon mehrmals sehr gelegen gekommen.

Als die beiden das Haus verließen, stürzte eine ältere Dame auf Esche zu.

Was dann genau passierte, darüber gehen die Aussagen auseinander. Esche selber gab zu Protokoll, er habe die ihm unbekannte Frau für eine jener Fotografinnen gehalten, unter deren Zudringlichkeit er so viel zu leiden habe, insbesondere da sie ein kleines schwarzes Kästchen in der Hand gehalten habe, das auf den ersten Blick wie ein Fotoapparat aussah. Er habe daraufhin, mit einem Blitzlicht rechnend, die Hände in einer Reflexbewegung vor die Augen geführt, man werde wohl Verständnis dafür aufbringen, denn schließlich habe auch ein prominenter Künstler Anspruch auf eine gewisse Intimsphäre, und da müsse die Frau wohl in ihrem unkontrollierten Ansturm mit seiner Hand kollidiert sein, ob mit dem Kopf oder mit einem anderen Körperteil, das wisse er beim besten Willen nicht zu sagen.

Die junge Schauspielerin, Irene Ems mit Namen, ging vor allem auf das verzerrte Gesicht der Frau ein, das sie, es gäbe da wirklich keinen passenderen Ausdruck, nur mit dem Begriff »blutrünstig« bezeichnen könne; sie selber, ein von Berufes wegen sensibler Mensch, sei bis ins Mark erschrocken, ja habe sogar an ein Attentat gedacht, es wäre ja nicht das erste Mal gewesen, daß ein begnadeter Künstler durch den Wahnsinn eines einzelnen ein tragisches Ende genommen hätte, sie denke da beispielsweise an John Lennon. Aus eben dieser Erschütterung heraus sei sie auch nicht in der Lage gewesen, das Geschehen im Detail zu beobachten, aber sie würde ihre Hand dafür ins Feuer legen, und sie meine das ganz wörtlich, daß Siegfried Esche keine Schuld treffe, er sei ein grundgütiger Mensch und habe nur schon deshalb bestimmt nicht die geringste Absicht gehabt, der Frau Böses zu tun oder sie gar zu verletzen. Auf gar keinen Fall habe er sie gestoßen oder gar geschlagen, das könne sie wenn nötig auch mit einem heiligen Eid beschwören.

Dem widersprach sehr heftig der Maschinenschlosser Walter Faulenbacher, der als zufällig des Weges kommender Augenzeuge ebenfalls vernommen wurde. Er war der Ansicht, und er verstehe etwas von Karate, daß Siegfried Esche einen geradezu klassischen Atemi angewandt habe, einen Killerschlag, mit dem man einen Ochsen auf die Matte legen könne, ganz zu schweigen von einer gebrechlichen alten Dame, und er, Walter Faulenbacher, könne es überhaupt nicht verstehen, warum der einfache Mann von der Straße immer gleich ein Strafmandat kassiere, wenn er, der Not gehorchend, nicht dem eignen Triebe, mal ein paar Minuten im Halteverbot stünde, während ein Prominenter wie Esche sich wohl alles erlauben könne, ein Skandal sei das, ein ausgesprochener Skandal, und es müsse sich niemand wundern, wenn die Stimmbürger bei der nächsten Wahl den Politikern einen tüchtigen Denkzettel in die Urnen steckten.

Dem Protokoll des eilig herbeigerufenen Notarztes war nur zu entnehmen, daß die ältere Dame, eine gewisse Martha Fiedler, in bewußtlosem Zustand auf dem Boden gelegen habe und äußerliche Spuren irgendeiner Gewaltanwendung bei ihr nicht festzustellen gewesen seien. Man habe Frau Fiedler ins Krankenhaus eingeliefert, wo sie zum Zeitpunkt des Protokolles, mehrere Stunden später, immer noch nicht aus ihrer Ohnmacht erwacht sei.

Von den wirklich interessanten Aspekten des rätselhaften Vorfalls war in keiner der Aussagen die Rede. Aber davon konnte ja damals auch noch niemand etwas ahnen.

6

Gemäß Einladungsschreiben hatten sich die Kandidaten von »Ferngesehen, gern gesehen« spätestens um 17.00 Uhr im Sender einzufinden. Katharina M meldete sich exakt fünf Minuten vorher beim Pförtner. Ob sie damit den zuverlässigen aber nicht übereifrigen Eindruck gemacht hätte, den sie beabsichtigte, ließ sich nicht feststellen, denn erst eine Viertelstunde später kam ein junges Mädchen mit einem Klemmbrett in der Hand in die Pförtnerloge und schaute sich suchend um.

Außer Frau M wartete dort niemand. Trotzdem dauerte es ein ganzes Weilchen, bis das Mädchen auf sie zutrat und sie mit ungläubiger Stimme fragte: »Sind Sie die Frau für ›Ferngesehen, gern gesehen‹?«

»Mein Name ist M«, sagte Katharina. »Ich war pünktlich hier.«

»Sie sind Frau M?« Das Mädchen studierte ein Polaroid-Foto, das wie ein Fahndungsbild auf dem Klemmbrett befestigt war, und schüttelte den Kopf. »Aber Sie sehen ja ganz anders aus!«

»Egon meint, es steht mir gut. Das ist der Friseur, bei dem ich war. Vielleicht ein bißchen frech für mein Alter, aber man will sich ja schließlich nicht blamieren im Fernsehen. Meinen Sie, es ist zu kurz geworden?«

Das Mädchen schluckte leer. »Jetzt kommen Sie erst einmal mit, liebe Frau M«, sagte sie. »Ich bin sicher, es wird sich schon alles finden.«

Der Aufenthaltsraum für Kandidaten war spärlich möbliert: ein ausrangierter Schreibtisch und vier Stühle, von denen zwei zusammenpaßten. An der Wand war mit Lassoband als einziger Schmuck ein Zettel befestigt, auf dem stand: »Auszahlung der Spesen nach der Sendung in der Aufnahmeleitung«.

»Machen Sie sich's bequem«, sagte das Mädchen und war schon wieder verschwunden.

Die beiden anderen Mitspieler waren bereits da: ein junger Mann, der seine langen rötlichen Haare zu einem Pferdeschwanz gebunden hatte, und ein Herr mittleren Alters, der aussah wie ein Lehrer und es auch war.

»Seemann ist mein Name«, stellte er sich vor, »Dr. Eberhard Seemann. Meine Schüler nennen mich heimlich Käpt'n, das ist wohl nur natürlich. Wir waren ja auch einmal jung. Die Lausebengels sind es auch, die mich für diese Sendung angemeldet haben. Heimlich. Und heute sitzen sie natürlich alle vor dem Fernseher und hoffen, daß ihr Käpt'n mit fliegenden Fahnen untergeht.«

Dr. Seemann erinnerte Katharina an einen Film, den

sie einmal gesehen hatte. Blacky Fuchsberger rauchte darin Pfeife, und ein kleiner Junge sprang aus einem Fenster. »Das fliegende Klassenzimmer«, natürlich. Vielleicht wollte es der Zufall, daß sie heute in der Sendung nach genau diesem Film gefragt wurde.

Dr. Seemann redete immer noch. »Warum ausgerechnet für diese Sendung, das habe ich allerdings nicht verstanden. Mein Beruf läßt mir gar nicht so viel Zeit fernzusehen. Es gäbe da durchaus andere Quizzes« – Katharina M hatte diese Mehrzahl noch nie gehört und beschloß, sie sich zu merken –, »bei denen es viel mehr auf eine fundierte Allgemeinbildung ankommt. Aber als Käpt'n kann man sich schließlich vor seiner Mannschaft nicht blamieren. Sie sehen wohl viel fern?«

»Eigentlich nicht. Aber ich habe beruflich mit Zeitschriften aller Art zu tun, und da kriegt man natürlich eine Menge mit. Ich bin Katharina M.«

»Freut mich«, sagte Dr. Seemann, »freut mich wirklich. Das ist auch ein positiver Aspekt einer solchen Sendung, daß man mit Leuten aus ganz anderen Schichten in Kontakt kommt. Wir Gebildeten haben viel zu sehr die Tendenz uns abzugrenzen. Intellektueller Hochmut kommt vor dem Fall, sage ich meinen Jungs immer.«

»So geschwollen redet der schon seit einer halben Stunde«, meinte der junge Mann, der bisher noch kein Wort gesprochen hatte. Er streckte Katharina die Hand hin. »Hi, Katharina, ich bin der Joe. Deine Frisur ist übrigens echt heiß. Da steh ich drauf.«

»Ich weiß nicht.« Katharina M fuhr sich nervös mit der Hand über den stachligen Kopf. »Vielleicht hätte ich doch zu dem Friseur gehen sollen, wo ich sonst immer...«

»Quatsch. Die kleine Prise Wahnsinn ist doch genau richtig. Ein bißchen Show muß sein im Quasselkasten.«

»Sind Sie Spezialist für Fernsehen?«

»Überhaupt nicht! Ich habe abends Gescheiteres zu tun, als vor der Glotze zu hocken. Angemeldet hab ich mich nur aus Jux. Und weil man diese Reisen gewinnen kann. Jetzt bei dem Sauwetter auf die Azoren oder sonst irgendwo in die Südsee, das wär doch echt gut.«

»Die Azoren sind nicht in der Südsee«, sagte Dr. Seemann. »Es gibt da einen ganz einfachen Merksatz.« Aber er kam nicht mehr dazu, das Thema weiter auszuführen, denn in diesem Augenblick öffnete das Mädchen mit dem Klemmbrett die Türe, und der Regisseur betrat das Zimmer.

Daß es der Regisseur war, das sah Katharina auf den ersten Blick. Er trug eine offene Lederweste, die den Blick auf einen beträchtlich gewölbten Rollkragenpullover freigab, vor dem eine Brille und eine Stoppuhr baumelten. Er war schlecht rasiert, aber so, daß man merkte: es war Absicht und nicht einfach Nachlässigkeit. Sein Gesicht war rot angelaufen, und er brüllte.

»Das soll meine Oma sein? Dieser Alptraum eines Maskenbildners? Dieser Lämmergeier in der Mauser? Dieses Monster von Loch Ness? Ich habe eine Oma bestellt und keinen Senioren-Punk!«

»Ich bin extra zum Friseur gegangen...«

»Das war kein Friseur, das war ein Scherzbold! Wahrscheinlich hat er auf seinem Figarosessel ein Furzkissen liegen! Haben Sie eigentlich nie in den Spiegel gekuckt?«

»Ein bißchen modern ist es schon, aber Egon meinte...«

»Wer immer dieser Egon ist, meiden Sie ihn! Dieser

Mann hat es auf Sie abgesehen! Das ist ein Attentäter! Ein Saboteur! Er sabotiert mir meine Sendung! Eine Oma habe ich bestellt, eine richtige liebe, verhuschte, deutsche Oma! Und was kriege ich vorgesetzt? Ein Stachelschwein!«

»Ich hab mir halt gedacht, wenn ich schon einmal im Fernsehen komme ...«

»Sie kommen nicht im Fernsehen! Sie kommen überhaupt nicht! Sie sind abgesetzt! Gestrichen! Gestorben!« Der Regisseur wandte sich an das Mädchen, das vor seinem Ausbruch hinter dem Klemmbrett in Deckung gegangen war. »Wir nehmen die Ersatzkandidatin. Sorgen Sie dafür, daß der Name auf der Spielinsel geändert wird. Und der Schriftgenerator muß auch umprogrammiert werden.«

»Das lasse ich mir nicht gefallen«, sagte Katharina M. »Ich habe diesen Test mitgemacht, und dann haben Sie mir geschrieben, und jetzt bestehe ich darauf! Ich lasse mich doch nicht einfach rauswerfen! – Und außerdem habe ich es schon allen Leuten erzählt«, fügte sie leise hinzu.

»Haben Sie ihnen auch erzählt, daß Sie mit Ihrem Kopf unter einen Rasenmäher geraten sind?«

»Meine Haare haben doch nichts damit zu tun, ob ich mich auskenne. Sie haben mich schließlich als Kandidatin eingeladen und nicht als Fotomodell.«

»Wir haben Sie als Typ eingeladen! Wegen der Ausgewogenheit! Wir haben diesen leicht alternativen Herrn für die jungen Zuschauer, diesen braven Durchschnittsbürger für die gesammelten Spießer, und Sie ...«

»Wenn ich auch einmal etwas sagen dürfte ...« Dr. Seemann schien zu einer längeren Rede anzusetzen.

»Sie dürfen nicht!«

Der Regisseur brüllte so laut, daß für einen Augenblick völlige Stille eintrat. Und in diese Stille hinein sagte das Mädchen mit dem Klemmbrett: »Wir haben gar keine Ersatzkandidatin.«

»Wieso nicht? Ich habe von der ersten Besprechung an darauf bestanden, daß immer zwei Einspringer auf Pikett gestellt werden. Von der ersten Besprechung an!«

»Ich weiß. Aber die Verwaltung war der Meinung, daß die Kosten...«

»Die Verwaltung! Warum senden wir dann die Verwaltung eigentlich nicht direkt? Dann soll doch die Verwaltung diese Scheiß-Sendung fahren! Rößler soll sofort kommen!«

»Ich habe Herrn Rößler heute überhaupt noch nicht...«

»Typisch Redakteur! Wenn man sie braucht, sind sie nicht da. Nur wenn man sie nicht braucht, dann krabbeln sie um einen herum wie... wie...« Der passende Vergleich wollte ihm nicht einfallen. »Was machen wir denn jetzt?«

Der junge Mann, der sich als Joe vorgestellt hatte, lachte. »Setzt ihr doch eine Perücke auf.«

»So ein Quatsch!« brüllte der Regisseur. »Mischen Sie sich nicht in Dinge ein, von denen Sie nichts verstehen! Wenn das so einfach wäre! Lassen Sie mich nachdenken.« Er blickte zur Decke und rieb sich mit der Hand das stopplige Kinn. Nach einer Pause sagte er: »Fragen Sie mal in der Maske nach, ob die zufällig so ne Perücke da haben. So müßte sie aussehen, genau so wie hier auf dem Foto.«

7

Herr Marhenke telefonierte.

Da unsere Sprache wirklich bedeutenden Ereignissen meist wortlos gegenübersteht, wird es bei dieser trivialen Formulierung bleiben müssen, auch wenn sie die Erhabenheit des Geschehens nur sehr unvollständig wiedergibt. Zu sagen, daß Herr Marhenke telefonierte, das ist, wie wenn man eine Aufführung der Wahnsinnsarie mit den Worten beschreiben wollte: »Irgendeine Frau trällerte ein Liedchen.« Herr Marhenke hatte die alltägliche Beschäftigung des Telefonierens zu einer hohen Kunst entwickelt; er war ein wahrer Virtuose mit Hörer und Wählscheibe.

Ja, Wählscheibe.

Keine modernistischen Spielereien mit Nummernspeichern und Wahlwiederholung für Herrn Marhenke, nein, er benutzte immer noch denselben altmodischen Apparat, an dem er seine allerersten großen Deals abgeschlossen hatte. Mit dieser Wählscheibe hatte er die Nummer des Plattenbosses eingestellt, mit dem zusammen er dann die allererste Benefizschallplatte produzierte; an diesem Hörer hatte er mit Engelszungen auf den Programmdirektor eingeredet, der zuerst das heitere Reisespiel »Wem Gott will rechte Gunst erweisen« partout nicht ins Programm hieven wollte und dann wenig später mit ebendiesem Magazin einen Riesenerfolg hatte, an dem Herr Marhenke heute noch in der Form von Gratisferien in den Luxussuiten der besten Hotels der Welt partizipierte.

An diesem Telefon hatte Herr Marhenke … aber halt, Überschwang steht diesem sachlichen Bericht nicht an, und so soll es denn bei der trockenen Feststellung bleiben: Herr Marhenke telefonierte.

Den Hörer hatte er zwischen Schulter und Wange geklemmt wie ein Zigeunerprimas seine Violine, so daß die Hände frei waren für beredte Gesten, die sein Gesprächspartner zwar nicht sehen, deren Wirkung er sich aber trotzdem nicht entziehen konnte.

»Profit?« fragte Herr Marhenke so angeekelt, als ob ihm das Wort wie eine angefaulte Auster im Munde läge, »Profit? Mein lieber Herr Garhammer, daß Sie so etwas auch nur denken können, verletzt mich zutiefst.« Er fuhr sich mit dem Handrücken über die Stirne und schloß leidend die Augen. »Ich möchte einen Beitrag leisten und sonst gar nichts. Aber wenn Ihnen meine gutgemeinte Hilfe nicht willkommen ist...«

Seine manikürten Fingerspitzen bewegten sich auf die Telefongabel zu, hielten inne und begannen dann – Marhenkes Gesprächspartner mußte eingelenkt haben – auf der Schreibtischplatte ein unhörbares Schlagzeugsolo zu trommeln.

»Sehen Sie, mein lieber Herr Garhammer, ich habe mich gefragt: Warum rangiert Ihre Organisation trotz einer zweifellos unterstützenswerten Zielsetzung nur auf den hinteren Rängen der Spendenstatistik? Warum sind Sie für den Durchschnittsbürger weniger attraktiv als beispielsweise Greenpeace?«

Herr Marhenke lehnte sich in seinem Sessel zurück und musterte, wie nach einer Inspiration suchend, die Decke. Aber die Antwort auf die rhetorische Frage hatte er schon bereit: »Weil man sich mit Ihrem Verband nicht identifizieren kann. Weil Ihre Aufrufe nicht ans Herz gehen. Weil Sie die Leute erschrecken, statt an ihr Gefühl zu appellieren. Der Invalide, lassen Sie mich das einmal so hart sagen, hat kein positives Image.«

Garhammer schien Einwände zu machen, die Marhenke aber wegscheuchte wie lästige Fliegen.

»Sie haben im Prinzip völlig recht, mein lieber Herr Garhammer, aber Sie sprechen als Betroffener. Ich hingegen weiß, was die Öffentlichkeit denkt. Und ich sage Ihnen eines: Wenn wir zu einer Zusammenarbeit kommen, wenn Sie meine Hilfe annehmen – dann wird ein Behinderter mit Rollstuhl in Deutschland bald beliebter sein als ein Kuschelteddy mit Marzipanfüllung!«

8

Frustriert von der vergeblichen Suche nach dem Erfolgsgeheimnis seines Chefs war Redakteur Beinhacker schließlich mit Rößler und Schmidt-Schmitt in der Kantine gelandet. Mit nicht mehr ganz sicherer Zunge sagte er dort beim endgültig letzten Bier: »Man müßte Mäuschen spielen und den Waschoda einmal rund um die Uhr beobachten können!«

Hätte eine gütige Fee seinen betrunkenen Wunsch erhört und Beinhacker in der Gestalt dieses Nagetieres unter den Beifahrersitz von Waschodas Dienst-BMW gezaubert, an diesem Abend wäre eine Menge Bemerkenswertes zu beobachten gewesen. Und Mäuschen Beinhacker hätte sich eine ganze Reihe von Fragen stellen müssen:

Warum, wo doch der Weg zu seinem Haus bequem über die Autobahn führte, quälte sich Waschoda durch vom

Feierabendverkehr verstopfte Nebenstraßen? Wieso, wo er doch seiner Frau versprochen hatte, heute mal pünktlich zum Essen da zu sein, hielt er auf dem überfüllten Parkplatz eines vorstädtischen Einkaufs-Centers an? Weshalb, wo er es doch immer so eilig hatte, blieb er im Wagen sitzen und wartete, bis das ältere Ehepaar zwei Parkfelder weiter seine Einkäufe im Kofferraum verstaut hatte und weggefahren war?

Kaum war er in seinem Sektor des Parkplatzes endlich allein, wurde Waschodas Verhalten noch seltsamer. Zuerst vertauschte er seine Halbbrille, über deren Rand er seine Mitarbeiter so verächtlich ansehen konnte, gegen eine Sonnenbrille mit reflektierenden Gläsern. Dann stieg er aus, schlug den Kragen seines Mantels hoch, sah sich nach allen Seiten um und schlenderte betont unauffällig zum Eingang des Einkaufs-Centers, wo ihn die letzte Käuferwoge vor Ladenschluß verschluckte.

Nehmen wir an, Mäuslein Beinhacker hätte es geschafft, sich an seine Fersen zu heften und ihm, ohne von gehetzten Konsumenten totgetrampelt zu werden, durch die große Halle des Centers zu folgen, dann hätte es überrascht festgestellt, daß Waschoda zielsicher auf einen Süßwarenladen mit dem romantischen Namen »Sweet Dreams« zusteuerte. Und hätte das hypothetische Mäuschen es auch noch geschafft, im Laden einen Stapel aus rosaroten Bonbonnieren zu erklimmen und hinter einem Glas mit bunten Gummibärchen in Deckung zu gehen, dann hätte es beobachten können, wie Waschoda, der doch nie Süßes aß, eine Riesenpackung Likörpralinen erstand und die Schachtel sofort in einer mitgebrachten Einkaufstüte mit dem Firmenlogo eines renommierten Herrenausstatters verschwinden ließ.

Wenn wir – im vollen Bewußtsein, daß eine solche Theorie durch keinerlei empirische Fakten gestützt wird – weiterhin annehmen, daß Beinhacker auch als Maus noch über einen analytischen Verstand verfügt hätte: welche Schlüsse hätte er dann wohl aus seinen Beobachtungen gezogen? Zweifellos hatte Waschoda etwas zu verbergen; keine Frage, daß er ein Doppelleben führte. Hätte ein scharf kombinierender Detektiv, ob mäusisch oder menschlich, vom Indiz »Likörpralinen« nicht sofort auf die Existenz einer Geliebten geschlossen, irgendeiner mandeläugigen Schönheit, mit der sich der Unterhaltungschef in seinen kargen Mußestunden vergnügte?

Aber der Detektiv hätte sich geirrt. Waschoda war seiner Frau treu, wenn auch mehr aus Zeitmangel als aus Überzeugung. Daß er heimlich Pralinen kaufte, hing mit dem großen Geheimnis zusammen, dem seine Mitarbeiter so gern auf die Spur gekommen wären.

Ohne Likörpralinen hätte Unterhaltungschef Waschoda vom Fernsehen genauso wenig verstanden wie alle seine Redakteure.

9

Minister Keller verstand überhaupt nichts vom Fernsehen. Aber er war bereit, in gewohnter Gründlichkeit etwas gegen diesen Mangel zu unternehmen.

Schon ganz am Anfang seiner politischen Karriere hatte er eingesehen, daß ihm nie etwas in den Schoß fallen würde. Er hatte den gelangweilten Delegierten irgendeines ländlichen Lokalverbandes mindestens eine Stunde lang die aktuelle politische Lage aufdröseln müssen, um gleich viel Applaus zu ernten wie ein anderer mit einer schnellen Pointe. Aber während sich dieser andere noch am Stammtisch mit säuischen Witzen in die Gunst der lokalen Honoratioren zu schmeicheln suchte, saß Keller schon lange wieder an seinem Schreibtisch und ackerte. Er hatte im Laufe seiner Ochsentour mehr Unterschriften gesammelt, Klinken geputzt und Hände geschüttelt als alle seine Konkurrenten; was ihm an Brillanz fehlte, hatte er durch Fleiß mehr als wettgemacht, und so war er schließlich Minister geworden.

Keller war ein Musterschüler, immer bereit, auf Koryphäen zu hören. Nach Dr. Dünsheimers Rat, er müsse in einer Unterhaltungssendung auftreten, hatte Keller sofort in seinem Arbeitskalender notiert: »Unbedingt fernsehen!« Und so schaltete er an diesem Abend den Apparat nicht wie gewohnt gleich nach der Tagesschau aus, sondern machte sich mit einem frisch gespitzten Bleistift und einem kleinen Stapel Karteikarten bereit, neue Erfahrungen zu sammeln.

»Seit wann interessiert du dich denn für ›Ferngesehen, gern gesehen‹?« fragte seine Frau.

»Dr. Dünsheimer meint, ich sollte in der Sendung vielleicht einmal mitmachen.«

»Du? Du hast doch keine Ahnung! Und in dieser Show kommt es einzig und allein darauf an, daß man alle Programme der letzten fünfundzwanzig Jahre im Kopf hat.«

»Man kann alles lernen«, antwortete Keller, der sich schon durch die kompliziertesten Gesetzesnovellen gebissen hatte.

Aber sein Optimismus ebbte schnell ab, als er feststellen mußte, daß er nicht nur keine einzige Antwort wußte, sondern noch nicht einmal die Fragen verstand.

»Warum kam Otto Gillermann zu spät zu seiner eigenen Hochzeit?« fragte beispielsweise der Quizmaster, und der Kandidat, der wie ein Schullehrer aussah, antwortete ohne zu zögern: »Weil er das Wohnzimmer frisch tapeziert hatte!« Das Fernsehbild zeigte begeistert applaudierende Zuschauer.

»Wer zum Teufel ist dieser Otto Gillermann?« fragte Keller.

»Das ist doch der Jüngste von den Gillermanns«, antwortete seine Frau, »der einmal weggelaufen ist, weil er zum Zirkus wollte.«

»Und wer sind die Gillermanns?«

»Die mußt sogar du kennen! ›Immer diese Gillermanns‹! Die waren doch damals am Sonntagabend.«

»Im Fernsehen?«

»Aber Schatz! Manchmal kriegst du wirklich nichts von dem mit, was in der Welt vor sich geht!«

»Du kannst mir ja dabei helfen! Was haben Otto Gillermanns Tapeten mit seiner Hochzeit zu tun?«

»Ich kann mich noch genau erinnern, so komisch war das! Er wollte das Wohnzimmer tapezieren, um seine Braut zu überraschen – wie hieß sie doch gleich? Diese Rothaarige, mit dem Vater, der sich vor Hunden fürchtete. Du weißt schon.«

»Ich weiß nicht«, sagte Minister Keller ärgerlich und ergänzte den Namen Otto Gillermann auf seiner Karteikarte mit dem Vermerk: »Braut?? (rothaarig)«.

»Auf jeden Fall«, fuhr seine Frau fort, »hatte er statt Tapetenkleister irgend so einen Blitzkleber genommen, und dann konnte er doch nicht in Unterhosen in die Kirche, verstehst du?«

Aber Minister Keller verstand nicht, und auf dem Bildschirm schien es dem Kandidaten mit dem Pferdeschwanz auch nicht besser zu gehen.

»Welches Mitglied der Familie Gillermann mußte einmal drei Löffel Rizinusöl schlucken?« hatte man ihn gefragt, und er hatte nur die Schultern gezuckt und wartete jetzt friedlich lächelnd auf den Gong, der das Ende der Bedenkzeit anzeigen würde.

»Gillermann! Gillermann!« ärgerte sich Minister Keller. »Warum fragen die nicht mal was anderes? Was ein vernünftiger Mensch auch wissen kann? Irgend etwas, das zur Allgemeinbildung gehört!«

»Die Gillermanns gehören zur Allgemeinbildung«, meinte seine Frau. »Schließlich ist die Reihe fast fünf Jahre gelaufen.«

»Möglich. Aber die könnten doch ruhig auch einmal...« Er brach ab, denn der Quizmaster hatte eben an die Kandidatin mit der altmodischen Frisur eine Frage gestellt, auf die auch Keller eine Antwort wußte: »Kennen Sie ein Gedicht von Johann Wolfgang Goethe?«

»Endlich«, sagte Keller, der noch heute alle Gedichte auswendig wußte, die er in der Schule hatte lernen müssen. »Da wäre zum Beispiel ›Über allen Gipfeln ist Ruh‹.«

»Schsch!« sagte seine Frau.

Die Kandidatin strahlte triumphierend in die Kamera und rezitierte: »Fehlt beim Frühstück Marmelade, ist es um das Aufstehn schade!«

»Was?« fragte Keller.

Auf dem Bildschirm jubelte der Quizmaster. »Sehr gut!

Den Punkt haben Sie schon gewonnen! Können Sie uns aber auch noch sagen, wer Goethe war?«

»Das ist leicht«, sagte Keller, »aber von Marmelade hat er nie etwas geschrieben.«

»Das ist leicht«, sagte die Kandidatin im Fernsehen. »Johann Wolfgang Goethe war der Übername von Freddy Gillermann, weil der so schöne Verse machen konnte.«

Minister Keller drückte den Ausschaltknopf der Fernbedienung. »Schluß!« sagte er. »Schluß, Ende, aus! Wenn Dünsheimer meint, daß ich im Fernsehen auftreten muß, dann muß ich das halt. Aber nicht in dieser Sendung! Ganz bestimmt nicht in dieser Gillermann-Fragestunde!«

So kam es, daß Minister Keller den Schluß von »Ferngesehen, gern gesehen« verpaßte. Im Hinblick auf die Entwicklungen der nächsten Tage war das eigentlich jammerschade.

10

Als Waschoda endlich nach Hause kam, war es kurz vor neun. Er mußte nicht auf die Uhr sehen, um das festzustellen, denn schon beim Hereinkommen hörte er den vertrauten Jingle, mit dem bei »Ferngesehen, gern gesehen« die alles entscheidende letzte Runde eingeleitet wurde. Seine Frau Maren gehörte zu den durchschnittlich 12 Millionen Deutschen, die sich keine Folge entgehen ließen.

Er zog seinen Mantel aus und hängte ihn in die hinterste Ecke des Kleiderschranks im Flur. Man hätte schon eine ganze Menge Kleidungsstücke zur Seite schieben müssen, um festzustellen, daß in der linken Tasche des Mantels ein Beutel mit einer Großpackung Likörpralinen steckte.

»Hallo, Liebling, ich bin da!« rief Waschoda.

Die einzige Antwort war die professionell erregte Stimme des Quizmasters Klaus Hagerer, der von einem Kandidaten wissen wollte: »Wie hieß die Sau? Wie hieß die Sau ganz genau?«

Waschoda ging in die Lounge, wie seine Frau das große Wohnzimmer mit dem offenen Kamin nannte. Maren saß mit angezogenen Beinen in ihrem Lieblingssessel und starrte auf den Bildschirm. Vor Aufregung hatte sie den Daumen in den Mund gesteckt, eine Geste, die Waschoda früher besonders liebenswert an ihr gefunden hatte, die ihm heute aber nur noch kindisch erschien.

»So spannend?« fragte er.

Maren winkte ihn zur Ruhe.

»Lumpi«, sagte die Kandidatin gerade und schien kurz davor, in Tränen auszubrechen. »Ich bin mir ganz sicher, das Schwein hieß Lumpi.«

»Schade«, sagte Hagerer, »jammerschade! Beinahe hätten Sie's geschafft! Und ich bin sicher, alle Zuschauer hier im Studio und zu Hause an den Bildschirmen hätten Ihnen die wunderschöne Reise von Herzen gegönnt.«

Mit seinem geübten Ohr hörte Waschoda, wie der Aufnahmeleiter anklatschte. Dann applaudierte auch das Studio-Publikum.

»Hast du jetzt endlich Zeit für einen Kuß von deinem Mann?«

Maren hielt ihm die Wange hin, aber ihre Aufmerksamkeit war immer noch auf dem Bildschirm, wo Hagerer gerade den Arm des siegreichen Kandidaten in Boxerpose in die Höhe hob.

»Vielleicht glauben meine Jungens jetzt, daß ihr alter Käpt'n sich auf allen sieben Meeren auskennt!« sagte der Kandidat, und dann rollten auch schon die Schlußtitel über die Blumenüberreichungs- und Küßchen-Totale.

»Es tut mir leid, daß es wieder so spät geworden ist«, sagte Waschoda, »aber diese Zeitverschiebung... Thilo Schmedes wollte noch aus den USA anrufen, wegen seiner neuen Show.«

»Kümmere dich besser mal um diese Sendung hier!« sagte Maren. »Und bring diesem eingebildeten Hagerer bei, daß er sich gefälligt besser erkundigen soll, bevor er seine Fragen stellt.«

»Die Fragen macht Rößler. Wieso? War etwas damit nicht in Ordnung?«

»Er hat im Finale gefragt, wie das zahme Schwein von Toni Gillermann hieß. Der Mann sagte ›Lucy‹, und die Frau sagte ›Lumpi‹.«

»Das habe ich gerade noch mitgekriegt.«

»Du mußt gleich morgen etwas dagegen unternehmen!«

»Warum denn?«

Maren schüttelte den Kopf. »Kommst du eigentlich vor lauter Arbeit auch mal dazu, dir eine Sendung anzusehen? Das weiß doch jedes Kind, daß Toni Gillermann zwei Schweine hatte!«

11

Jedes Kind wußte, daß Toni Gillermann zwei Schweine hatte. Schon die Drittkläßler, die sich frühmorgens auf dem Weg zur Schule an Katharina M's Kiosk noch schnell mit Kaugummi versorgten, sagten: »Eigentlich hätten Sie aber auch gewinnen müssen!« Die Hausfrauen, die sich bei ihr über das Leben in den europäischen Fürstenhäusern informierten, zeigten weibliche Solidarität und versicherten, sie hätten gleich zu ihren Männern gesagt:, »So was machen sie auch nur mit einer Frau.« Und sogar Rechtsanwalt Hopf, für den sie immer diese teuren kleinen Zigarren bestellen mußte, sagte: »Korrekt war das nicht.« Dann starrte er Frau M an und fragte mit leichtem Schauder: »Haben Sie etwas an Ihrer Frisur geändert?«

Katharina, die ihre Tage zwischen Titelblättern voll strahlender Prominenz verbrachte, hatte gehofft, mit ihrem Fernsehauftritt auch einmal ein bißchen vom großen Scheinwerferlicht abzukriegen, und ihr Wunsch war mehr als nur erfüllt worden. Nicht nur das ganze Stadtquartier fühlte an diesem Morgen mit ihr, jetzt kam auch noch diese Dame von der Zeitung an.

»Herzlinde Wiegandt vom ›Telegramm‹. Arbeitet hier Frau M?«

»Das bin ich.«

»Ich meine die Frau M, die gestern in diesem Quiz bei Hagerer mitgemacht hat.«

»Ich bin Frau M.«

»Dann war das gestern wohl Ihre Schwester. Mit grauen Haaren und einer altmodischen Dauerwelle.«

»Das war eine Perücke.«

»Ihre Schwester trägt eine Perücke?«

»Ich trage eine Perücke. Das heißt, ich trage sonst keine, aber die im Fernsehen wollten, daß ich eine anziehe.«

»Warum?«

»Damit ich so aussehe, wie ich aussehe.«

Herzlinde Wiegandt nahm einen neuen Anlauf. »Ganz langsam. Die Frau M, die gestern in ›Ferngesehen, gern gesehen‹ mitgemacht hat, das waren Sie?«

»Ja!«

»Mit einer Perücke?«

»Ja!«

»Und wo ist die Perücke jetzt?«

»Im Studio, nehme ich an.«

»Dann müssen wir versuchen, sie uns dort auszuleihen. Ich möchte Sie nämlich fotografieren.«

»Die Perücke?«

»Sie! Mit der Perücke!«

»Gefällt Ihnen meine Frisur nicht?«

»Darum geht es nicht.«

»Egon hat gesagt, ich kann das tragen.«

»Ihr Mann heißt Egon?«

»Ich habe keinen Mann.«

»Sie sind Witwe?«

»Ich war nie verheiratet.«

»Schade.«

»Es hat sich halt nie ergeben.«

»Witwe wäre besser gewesen.«

»Finden Sie?«

»Für die Schlagzeile. ›Fernsehbosse prellen arme Witwe um ihren Gewinn.‹«

»Ich bin aber gar keine Witwe.«

»›Arme alte Frau‹ klingt auch nicht schlecht.«

»Ich bin gar nicht so alt. Ich habe mir die Frisur ...«

»Das ist nicht Ihre Frisur.«

»Wie bitte?«

»Frau M, jetzt hören Sie mir mal gut zu: Ein Mensch, der im Fernsehen war, sieht so aus, wie er im Fernsehen ausgesehen hat. Und wenn er nicht so aussieht...«

»Dann ist er kein Mensch?«

»Dann ist er kein Mensch, dessen Bild in der Zeitung erscheint! Die Leser würden Sie für eine Fälschung halten. Die wüßten ja gar nicht mehr, woran sie sind, wenn Ihr neumodischer Kopf neben dem Aufmacher stünde: ›Katharina M: So betrogen mich die Fernsehbosse!‹«

»Betrogen? Ich weiß nicht, ob man das so sagen kann.«

»Wie man so was formuliert, das können Sie ruhig mir überlassen. Es ist doch Tatsache, daß Sie nicht gewonnen haben, obwohl Sie wußten, wie das Schwein heißt.«

»Die haben halt das andere Schwein gemeint.«

»Frau M! Unsere Zeitung kämpft für die Gerechtigkeit! Finden Sie es gerecht, daß Sie wegen dieser Schweinerei jetzt nicht in die Südsee fahren können?«

»Die Azoren sind nicht in der Südsee«, sagte Katharina. »Der Herr Dr. Seemann...«

»Dieser Mann sitzt jetzt gemütlich am Strand und genießt die Sonne, die eigentlich für Sie scheinen müßte.«

»Ich glaube nicht, daß er jetzt schon da sitzt. Sie haben ihm nur einen Gutschein gegeben und gesagt, alles andere muß er mit dem Reisebüro direkt ausmachen.«

»Wollen Sie morgen auf der Titelseite des ›Telegramm‹ stehen?«

»Ja«, sagte Katharina M aus tiefstem Herzen, »ja, das möchte ich!«

»Dann hören Sie auf, mir zu widersprechen, sperren Sie Ihren Kiosk zu, und kommen Sie mit! Wir haben keine Zeit zu verlieren. Sie sind betrogen worden, und ganz Deutschland ist darüber empört!«

»Wirklich?«

»Ganz Deutschland wird empört sein. Denn etwas kann ich Ihnen versichern, Frau M: unsere Zeitung wird gelesen!«

12

Frau Gutermuth las das ›Telegramm‹ gründlich.

In vielen anderen Dingen war sie oberflächlich, und Maren Waschoda hatte schon mancher Freundin geklagt: »Unsere Haushälterin ist so was von schlampig, es ist kaum auszuhalten! Aber mein Mann hängt nun mal an ihr, ich weiß auch nicht, warum.« Nur die Lektüre des ›Telegramm‹ betrieb Frau Gutermuth mit der Sorgfalt eines Wissenschaftlers, der dem Geheimnis des Universums auf der Spur ist und auch nicht den kleinsten Hinweis übersehen will. Sie lachte über den Spruch des barbusigen Mädchens auf Seite zwei, sie löste das Kreuzworträtsel, und im Horoskop fand sie jeden Tag eine bemerkenswerte Übereinstimmung mit dem eigenen Schicksal. Wenn der medizinische Ratgeber eine Krankheit beschrieb, dann verspürte sie sämtliche Symptome, und wenn ein Prominenter sein Lieblingsrezept verriet, dann stand es am nächsten Tag auf dem Speisezettel der Familie Waschoda. Nur bei den halbjährlichen Diätserien streikte Frau Gutermuth, und so waren auch ihre Versuche, die Modetips zu befolgen, wenig erfolgreich. Was sie auch trug, es saß prall wie die Pelle auf der Wurst.

Als Waschoda die Küche betrat, um in aller Ruhe noch eine letzte Tasse Kaffee zu trinken, hatte Frau Gutermuth das ›Telegramm‹ schon wieder sorgfältig zusammengefaltet und in ihrer voluminösen Handtasche verstaut. Es war ihre Gewohnheit, abends vor dem Schlafengehen die wichtigsten Artikel noch einmal durchzulesen. Manchmal hatte sie danach wunderschöne Träume, in denen sie neben allerlei Berühmtheiten die Hauptrolle spielte. Einmal war sie sogar von Thilo Schmedes aus dem Publikum vor die Kamera geholt worden, und bei Thilo Schmedes aufzutreten war ja nun wirklich das Traumhafteste, das einem passieren konnte.

»Na, Frau Gutermuth«, fragte Waschoda, »was gibt's denn heute Neues auf der Welt?«

»Demis Roussos ist wieder ganz schlank«, sagte Frau Gutermuth. »Aber wenn Sie mich fragen: das hält nicht vor.«

»Und sonst?«

»Eine Schülerin aus Herne hat behauptet, daß der Udo Jürgens ihr einen Heiratsantrag gemacht hat. Aber der hat das sofort demiert.«

»Dementiert?«

»Er hat gesagt, daß keine Hochzeit stattfindet. Eigentlich schade; das hätt ich gerne gesehen.«

»Wenn Udo Jürgens heiratet?«

»Überhaupt wenn einer heiratet. Einer von der Gesellschaft, mein ich. So mit einer Tonne Blumen, und die Braut mit einer Schleppe quer durch die ganze Kirche. Ein Hochzeitskuchen bis zur Decke«, sagte Frau Gutermuth und bekam feuchte Augen, »und jede Menge berühmter Leute müßten dabei sein.«

»Was ist denn so toll daran, wenn irgendein Prominenter heiratet?«

»Männer verstehen das nicht«, sagte Frau Gutermuth. »Bei Hochzeiten kann man immer so schön weinen.«

»Und Sie würden sich so eine Sendung ansehen?«

»Wahnsinnig gerne. Aber so was bringen die ja nie. Bloß immer stundenlang diese langweiligen Diskussionen. Soll ich Ihnen noch einen Kaffee machen?«

»Danke«, sagte Waschoda, »für heute habe ich alles, was ich brauche. Ich wüßte gar nicht, was ich ohne Sie anfangen sollte, Frau Gutermuth.« Er stand auf und ging zur Türe. Dort drehte er sich noch einmal um. »Übrigens ...«

»Ja?«

»Draußen im Garderobenschrank hängt mein dunkler Mantel. Wenn Sie dem mal in die Tasche fassen, finden Sie etwas Süßes.«

»Likörpralinen?«

»Die größte Packung, die es gibt.«

»Sie verwöhnen mich ja richtig, Herr Waschoda«, sagte Frau Gutermuth gerührt. »Womit habe ich das eigentlich verdient?«

Waschoda legte den Finger an die Lippen.

13

Auch Siegfried Esche las das ›Telegramm‹. Nicht etwa um seinen eigenen Namen darin zu finden, dazu war er, wie er immer wieder betonte, ein viel zu bescheidener Mensch, der nur seiner Kunst lebte. Aber wer als wahrer Künstler die Menschen im Innersten bewegen will, muß auch wissen, wovon sie bewegt werden, und das fand sich nun mal in konzentriertester Form in den Seiten des ›Telegramm‹. Er versuchte gerade festzustellen, ob sein unseliges Zusammentreffen mit Martha Fiedler irgendwo erwähnt werde, als ihn eine Stimme unterbrach.

»Siegi«, sagte sein Regisseur, »hör auf, die Requisiten zu lesen, und konzentrier dich auf die Szene!«

Esche war der festen Überzeugung, daß ein mitdenkender Schauspieler niemals eine Regieanweisung ohne Widerspruch akzeptieren dürfe. »Ich weiß sowieso nicht, ob das gut ist, wenn diese Zeitung hier auf meinem Schreibtisch liegt«, sagte er. »Das gibt doch gar nicht das richtige Bild von meinem Charakter.«

»Das ›Telegramm‹ liegt da wegen der Atmosphäre.«

»Und weil die Produktion Geld dafür kriegt.«

»Das verbessert die Atmosphäre ungemein. Also, Siegi, können wir den Take jetzt in der Endfassung haben?«

»Bitte«, sagte Esche. »Deine Eltern wissen also nicht, daß du schwanger bist?«

Das Mädchen, das ihm gegenübersaß, schluchzte.

Siegfried Esche setzte das verständnisvolle Gesicht auf, das sein Markenzeichen war. »In dir keimt neues Leben heran«, sagte er, »und deine Eltern . . .«

»Stop!« rief der Regisseur, »wir müssen zuerst die Tränen nachbessern.«

»Dann kann ich ja auch in aller Ruhe Zeitung lesen.«

Auch in den Kurzmeldungen aus aller Welt stand nichts über den Zusammenstoß einer älteren Dame mit einem prominenten Schauspieler. In Esches Erleichterung mischte sich bei aller Bescheidenheit eine gewisse Sorge über diese Mißachtung eines menschlichen Schicksals.

»Frau Schwenn soll doch bitte nachher mal beim ›Telegramm‹ anrufen und fragen... Deine Eltern wissen also nicht, daß du schwanger bist?«

Das Mädchen schluchzte.

»In dir keimt neues Leben heran«, sagte Esche, »und deine Eltern werden sicher Verständnis dafür haben... Wenn Sie so laut schluchzen, versteht man meinen Text nicht.«

»Entschuldigung«, sagte das Mädchen.

»Schon gut. Wir haben alle mal angefangen.«

»Können wir wieder?«

»Ich kann immer«, sagte Esche und zwinkerte dem Kameramann zu. »Deine Eltern wissen also nicht, daß du schwanger bist?«

Das Mädchen schluchzte.

»In dir keimt neues Leben heran«, sagte Esche verständnisvoll, »und...«

»Stop!« rief der Regisseur. »Die Tränen sind schon wieder trocken.«

»Was soll ich beim ›Telegramm‹ fragen?« erkundigte sich die Produktionssekretärin.

»Nichts, nichts, lassen Sie nur. Ich will Sie nicht damit

belästigen. Mich hat nur interessiert ... Deine Eltern wissen also nicht, daß du schwanger bist?«

Diesmal schluchzte das Mädchen nicht zu laut.

14

Herr Marhenke hatte das ›Telegramm‹ selbstverständlich schon frühmorgens im Bett gelesen. Jetzt saß er an seinem Schreibtisch und ließ sich wie jede Woche von seiner Kosmetikerin die Hände pflegen. Frau Kraushaar hatte den Kopf tief über Marhenkes makellose Finger gebeugt, die sie gerade mit ihrem Orangenholzstäbchen noch makelloser zu machen suchte. Es sah aus, als ob sie betete.

Kenner von amerikanischen B-Pictures hätten sich an jene Szene erinnert gefühlt, in der sich Edward G. Robinson als Gangsterboss die Nägel feilen läßt, während er die Ermordung eines Rivalen plant, und aus genau diesem Film hatte Herr Marhenke das Ritual, dessen Mischung aus weltmännischer Lebensart und hartgesottenem Business ihm gut gefiel, auch übernommen. Wohlvertraut mit der Wirkung von Äußerlichkeiten, hatte er dafür gesorgt, daß diese seine Marotte allgemein bekannt wurde, insbesondere das Detail, daß er einmal seine Maniküre, um auf ihre Dienste nicht verzichten zu müssen, sogar nach New York hatte einfliegen lassen. Es hatte sich damals allerdings, was er nicht an die große Glocke hängte, um eine Blondine gehandelt, die ihre zarte Pflege nicht nur seinen Händen angedeihen ließ.

»Also«, sagte Herr Marhenke zu seinem Privatsekretär

Wiedner, »was haben Sie denn nun zum Thema ›Behinderte‹ herausgefunden?«

»Ich hab da mal eine Liste gemacht«, sagte Wiedner. »Es gibt ja sehr viele Arten von solchen, sagen wir: Handicaps.«

»Lesen Sie vor!«

»Da wären zuerst einmal die, sagen wir, sensorischen Behinderungen. Taube, Blinde, Taubblinde, Taubstumme, Stumme ...«

»Nicht so schnell! Die Stummen können wir gleich mal ausschalten. Ein stummer Sänger ist zwar rein technisch kein Problem – wofür gibt's schließlich Playback? –, aber werbemäßig wär das ein absoluter Alptraum. Und die Blinden ...«

»Blind ist nicht schlecht für den Plattenverkauf, finde ich«, sagte Wiedner, »ich denke da nur an Ray Charles.«

»Sie denken nicht genügend! Ein Blinder braucht eine schwarze Brille als Markenzeichen, sonst kann man gleich einen Sehenden nehmen. Und in der Volksmusik heißt schwarze Brille ein für allemal Heino. Was haben Sie noch auf Ihrer Liste?«

»Als nächstes hab ich da alles aufgeschrieben, was man, sagen wir, unvollständig nennen könnte. Leute mit nur einem Arm oder nur einem Bein oder gar keinem, oder ganz ohne Arme und Beine, die ganzen Contergan-Typen und so. Ich wußte nicht, wie weit Sie da runter gehen wollen, und es gibt natürlich auch jede Menge Leute, denen nur eine Hand fehlt oder ein Fuß oder auch nur ein Finger oder zwei ...«

»Nein«, sagte Herr Marhenke und hielt prüfend einen frisch polierten Fingernagel ins Licht, »ich glaube, das kommt alles nicht in Frage. Wenn ich Behinderung denke, dann denke ich Rollstuhl.«

»Grade die Beinlosen haben natürlich alle ...«

»Nein, Wiedner, nein. Es ist zwar gut, daß Sie diese Liste gemacht haben, aber ich glaube, wir müssen anders vorgehen. Nicht aus den ganzen Invaliditäten aufs Geratewohl etwas herauspicken, sondern ein Anforderungsprofil erstellen und dann gezielt suchen.«

»Ich notiere schon einmal: Rollstuhl.«

»Genau. Ein Mann im Rollstuhl. Blond.«

»Blond?«

»Natürlich blond. Können wir ja färben. Die Leute müssen an Siegfried denken. Von einem hinterlistigen Feind gefällt, aber nach wie vor ein Held. Blond, gute Zähne, strahlendes Lächeln.«

»Blaue Augen?«

»Das kriegen wir mit Kontaktlinsen hin. Aber muskulös muß er sein. Kräftig und groß.«

»Ich weiß nicht, wieviel man von der Größe mitbekommen wird.«

»Wieso?«

»Der Mann steht doch nie auf. Rollstuhlfahrer ist ja ein, sagen wir, sitzender Beruf.«

»Gut überlegt, Wiedner. Notieren Sie: kräftiger Oberkörper. Ich hab da letzthin einen Werbespot gesehen, von einer Versicherung, glaube ich, da spielte einer im Rollstuhl Basketball. Ein wirklich gut aussehender Mann. Stellen Sie doch mal fest, wie der heißt und ob er singen kann.« Zum Glück konnte Wiedner stenografieren, denn Herr Marhenke war jetzt voll inspiriert. »Ein blonder Jüngling, seit einem tragischen Unfall an den Rollstuhl gefesselt. Motorrad wäre nicht schlecht. Im Rausch der Freiheit aus der Kurve getragen. Nein, streichen Sie das. Irgendwas mit einem Mähdrescher oder was die sonst in der Landwirtschaft haben. Erdverbunden. Versuchte einem Rehkitz auszuweichen und stürzte dabei unglücklich vom Traktor. Ein Opfer der eigenen Menschlichkeit. Seine Freundin hält treu zu ihm. Die Kollegen vom Sportverein auch. Er war Mittelstürmer, ein großes Talent, für das sich auch schon die Bundesliga interessierte. Aber er hat die Heimat und die Freunde nie verlassen wollen. Hat dem Lockruf des schnöden Mammon widerstanden. Aus der Verbundenheit zur Natur bezieht er die Kraft, mit dem grausamen Schicksal fertig zu werden. Kann die schweren Schollen nicht mehr unter den eigenen Füßen spüren, kann nicht mehr als Sämann übers Feld schreiten, kann nicht mehr Fußball spielen, sitzt einsam in seinem kargen Zimmer, während die anderen in die Disco gehen. Oder zum Volkstanz? Nein, doch lieber in die Disco, sonst wird er zu altmodisch. Wo war ich?«

»Sitzt einsam in seinem Zimmer.«

»Genau. Sehnsüchtig wandert sein Blick über die Landschaft, da beginnt eine Nachtigall vor seinem Fenster zu tirilieren.«

»Gibt es überhaupt noch Nachtigallen?«

»Oder sonst ein Vogel. Was halt so tiriliert. Lassen Sie das ornithologisch abklären! Der Vogel singt, und plötzlich singt er mit. Glockenreine Töne. Alles hat ihm das Schicksal genommen, aber seine Lieder sind ihm geblieben! Er ist an seinen Rollstuhl gefesselt, gefangen in einem Körper, der ihm nicht mehr gehorcht – aber seine Lieder sind frei!«

Etwas Warmes tropft auf Herrn Marhenkes Hand. Frau Kraushaar hatte vor Rührung zu weinen begonnen.

15

Die ersten Minuten in Waschodas Büro-Vormittag waren dermaßen hektisch, daß hier im Interesse dokumentarischer Genauigkeit auf jede stilistische Verbrämung verzichtet und nur der reine Ablauf in quasi tabellarischer Form wiedergegeben werden soll:

Unterhaltungschef Waschoda bat Redakteur Rößler in sein Büro. Rößlers Ankunft verzögerte sich, da er in der Kantine mit dem Versuch beschäftigt war, den Kater des vorigen Abends mit einem Pils wegzuspülen.

Die Telefonzentrale teilte Waschoda mit, daß während der gestrigen Ausstrahlung von »Ferngesehen, gern gesehen« einhundertzweiundvierzig Zuschaueranrufe eingegangen seien, einhunderteinundvierzig davon mit dem zum Teil recht aggressiv vorgebrachten Hinweis, daß ein gewisser Toni Gillermann zwei Schweine besessen habe. Die Telefonzentrale erkundigte sich, aus rein privatem Interesse, wer denn dieser schweinehaltende Herr Gillermann gewesen sei, was Waschoda zu der Feststellung veranlaßte, Voraussetzung für eine Beschäftigung in der Telefonzentrale sei offenbar eine vollständige Abwesenheit von Gehirnmasse. Allerdings machte er diese Anmerkung erst, nachdem er den Hörer bereits wieder auf die Gabel gelegt hatte.

Gleichzeitig rief im Vorzimmer ein Herr Dr. Dünsheimer aus Bonn an, der Unterhaltungschef Waschoda in einer wichtigen Angelegenheit zu sprechen wünschte, es gehe um eine für das Staatswohl äußerst wichtige Frage. Er habe aber, wie er sagte, keine Zeit, auf eine Verbindung zu warten, da er in drei Minuten in einer Sitzung zu sein habe, nach deren Beendigung er sich noch einmal melden würde.

Rößler, durch ein weiteres Pils zusätzlich gestärkt, betrat das Büro. Von Waschoda auf das zweite Schwein des Toni Gillermann aufmerksam gemacht, täuschte Rößler ziemlich überzeugend eine Kenntnis des Problems vor, obwohl er von der gestrigen Sendung aufgrund alkoholischer Nachwirkungen überhaupt nichts mitbekommen hatte. Er argumentierte, einhunderteinundvierzig Protestanrufe seien doch recht wenig; nicht zu vergleichen mit den Zahlen von damals, als Hagerer mit einem Bart aus dem Urlaub zurückgekommen war.

Waschoda forderte Rößler auf, in Zukunft bei der redaktionellen Vorbereitung der von ihm betreuten Quizsendungen gefälligst sorgfältiger vorzugehen, was von diesem zu Recht so verstanden wurde, daß Waschoda die Angelegenheit als erledigt zu betrachten wünschte. Das Gespräch wurde durch Waschodas Sekretärin unterbrochen, die meldete, in ihrem Vorzimmer stünde ein gewisser Herr Udo Reibedanz, der nach eigenen Angaben ganz zufällig im Hause sei und gerne die Gelegenheit benutzen wolle, Herrn Waschoda für das Projekt einer alternativen Unterhaltungssendung zu interessieren, die auch intellektuell anspruchsvolle Zuschauer anzusprechen in der Lage wäre. Waschoda bat seine Sekretärin, Herrn Reibedanz mitzuteilen, er, Waschoda, sei verstorben, im Urlaub sowie nach Australien ausgewandert.

Waschoda bat Rößler, sich doch einmal Gedanken darüber zu machen, wie eine Sendereihe über die Hochzeiten von Prominenten aussehen müßte, und äußerte die Vermutung, daß eine solche Sendereihe beim Publikum auf gesteigertes Interesse stoßen könnte. Rößler setzte zu einer längeren Lobrede auf die Brillanz seines Chefs im allgemeinen und dieses Gedankens im besonderen an, wurde aber durch das Klingeln des Telefons unterbrochen.

Herzlinde Wiegandt vom ›Telegramm‹ informierte Waschoda darüber, daß ihre Zeitung am nächsten Morgen mit dem Aufmacher »So betrügen unsere Fernsehbosse« erscheinen werde und forderte ihn auf, ihr in einem Satz zu begründen, wieso er einer armen, alten, hilflosen Frau nicht ein paar Tage an der Sonne gönne. Waschoda erklärte, er habe von einem solchen Fall keine Kenntnis, werde sich aber kundig machen und Frau Wiegandt zurückrufen.

Waschodas Sekretärin betrat das Zimmer, um zu fragen, ob etwas passiert sei, sie habe aus dem Büro dieses laute Brüllen gehört und befürchte, es habe einen Unfall gegeben. Ein Blick auf die Gesichter von Rößler und Waschoda, das eine bleich, das andere rot angelaufen, machte ihr klar, daß sie mit ihrer Befürchtung weitgehend recht hatte.

Herr Udo Reibedanz benützte die Tatsache, daß Waschodas Sekretärin die Türe hinter sich offen gelassen hatte, um ebenfalls das Büro zu betreten und Waschoda zu fragen, ob der, wenn er auch an einer generellen Hebung des Niveaus seiner Abteilung offensichtlich kein Interesse habe, sich nicht zumindest das Konzept für eine Musikshow ansehen wolle, mit der Arnold Schönberg einem breiteren Publikum nahegebracht werden könnte.

Rößlers Argument, daß man sich nicht zum Sklaven der Boulevardpresse machen dürfe, wurde von Reibedanz mit dem Hinweis darauf unterstützt, daß diese Presse, die eine Kloakenpresse zu nennen er nicht anstehe, ja noch nicht einmal wisse, wie man Kultur buchstabiere. Der daraufhin von Waschoda geschleuderte Briefbeschwerer war zu gleichen Teilen für Reibedanz und Rößler bestimmt, zersplitterte aber nur das Glas eines handsignierten Fotos von Thilo Schmedes.

Der Intendant erkundigte sich telefonisch, ob man in der Unterhaltungsabteilung eigentlich von allen guten Geistern verlassen sei, er habe da eben die Frau Wiegandt vom ›Telegramm‹ am Apparat gehabt; offensichtlich gebe es einen größeren Skandal, aber niemand habe es für notwendig befunden, ihn zu informieren. Er bestellte Waschoda sofort zu sich in die zwölfte Etage.

Waschoda forderte Rößler auf, ihn zu begleiten und selber auszulöffeln, was er da eingebrockt habe. Waschodas Sekretärin bat Herrn Reibedanz, doch bitte zu einem späteren Zeitpunkt wiederzukommen, und das Büro leerte sich.

Das Telefon klingelte wieder, aber niemand reagierte mehr darauf. So kam Maren Waschoda noch nicht dazu, ihrem Mann zu erzählen, daß sie sich leider gezwungen gesehen habe, Frau Gutermuth zu entlassen.

16

»Bist du verrückt geworden Maren? Das kommt überhaupt nicht in Frage!«

»Eine Haushälterin, die klaut, bleibt keine Minute länger in meinem Haus.«

»Frau Gutermuth stiehlt nicht!«

»Ich habe sie auf frischer Tat ertappt. Sie war gerade dabei, die Taschen der Mäntel im Garderobenschrank zu durchwühlen.«

»Wahrscheinlich wollte sie sie säubern.«

»Ja, natürlich. Säubern von Kleingeld, von Schlüsseln, vielleicht von vergessenen Kreditkarten ...«

»Das ist absurd. Frau Gutermuth ist seit vielen Jahren bei uns.«

»Und hat sich wahrscheinlich die ganze Zeit auf diese Art und Weise ihr Gehalt aufgestockt.«

»Komm, Maren, sei vernünftig! Was sollte sie denn in unseren Manteltaschen Wertvolles finden?«

»In unseren nicht. Nur in deinen.«

»Ich verstehe nicht.«

»Für wen waren die Likörpralinen bestimmt?«

»Welche Likörpralinen?«

»Du warst noch nie ein begabter Lügner.«

»Wieso sollte ich lügen?«

»Du wirst ja rot.«

»Ich werde nicht rot.«

»Wie heißt sie?«

»Wer?«

»Die Frau, mit der du mich betrügst?«

»Ich betrüge dich mit keiner Frau.«

»Warum kaufst du ihr dann Pralinen?«

»Das ist alles ein Mißverständnis.«

»Im Grunde muß ich Frau Gutermuth ja dankbar sein. Ohne sie wäre ich deinen Heimlichkeiten vielleicht nie auf die Spur gekommen.«

»Ich habe keine Heimlichkeiten.«

»Nur Pralinen.«

»Die gehören Frau Gutermuth.«

»Nicht mehr. Ich habe sie beschlagnahmt. Als Beweismittel. Schließlich sind da ihre Fingerabdrücke drauf.«

»Hat sie dir denn nicht gesagt ...?«

»Was?«

»Nichts.«

»Genau das hat sie gesagt. Ich habe sie gefragt, was sie da treibt, und sie hat nicht geantwortet.«

»Das ist anständig von ihr.«

»Du nimmst sie auch noch in Schutz?«

»Ich hatte sie gebeten, darüber zu schweigen.«

»Worüber?«

»Daß ich ihr regelmäßig Pralinen mitbringe.«

»Du gibst also zu, daß du die Pralinen gekauft hast?«

»Ja!«

»Für wen?«

»Das habe ich dir doch eben erklärt: für Frau Gutermuth.«

»Für wie blöd hältst du mich eigentlich?«

»Aber, Maren ...«

»Wenn die Pralinen für Frau Gutermuth bestimmt waren – warum hast du sie ihr dann nicht einfach in die Hand gedrückt?«

»Ich habe ihr gesagt, sie soll sie sich aus der Manteltasche holen.«

»Warum?«

»Ich wollte nicht, daß du...«

»Aha.«

»Überhaupt nichts aha.«

»Du steckst mit Frau Gutermuth unter einer Decke.«

»Maren!«

»Du besorgst die Pralinen, und sie gibt sie an deine Geliebte weiter.«

»Ich habe keine Geliebte.«

»Oder sie hat dich ertappt, und die Pralinen sind das Schweigegeld.«

»Das ist doch alles Unsinn!«

»Wo treibt ihr es miteinander? In unserem Schlafzimmer? In meinem Bett?«

»Maren! Jetzt fang doch nicht an zu weinen!«

»Ich lasse mich scheiden!«

»Hör mir doch zu!«

»Du kannst dich mit meinem Anwalt unterhalten.«

»Maren, laß dir doch erklären...«

»Mir ist alles klar.«

»Frau Gutermuth kriegt von mir nur Pralinen, weil...«

»Ich will nichts hören.«

»Frau Gutermuth ist mein Orakel.«

»Ja! Mach dich auch noch lustig über mich! Das Lachen wird dir schon vergehen.«

»Ich lache doch gar nicht.«

»Du hast auch nichts zu lachen. Ich nehme mir den besten Anwalt. Das Haus kriege ich. Und das Sorgerecht für die Kinder auch.«

»Maren!«

»Schrei mich nicht an!«

»Ich rede ganz leise. Aber bitte, hör mir zu!«

»Glaub nicht, daß du mich einwickeln kannst.«

»Ich will dir in aller Ruhe erklären ...«

»Du bist entlarvt.«

»Ich kaufe Pralinen für Frau Gutermuth ...«

»Lustmolch!«

»... weil unsere Haushälterin einen so wunderbar durchschnittlichen Geschmack hat.«

»Was soll das heißen?«

»Die Meinung von Frau Gutermuth ist immer auch die Meinung des Publikums.«

»Das verstehe ich nicht.«

»Ich verstehe es auch nicht, aber es ist so. Ich erzähle Frau Gutermuth, was bei uns so geplant wird, und passe auf, wie sie reagiert. Wenn sie etwas mag, dann mögen es auch die Leute.«

»Jedesmal?«

»Ich kann sie unterdessen auf ein Zehntel Prozent genau lesen. Wenn sie zum Beispiel mit der Hand so übers Gesicht streicht ...«

»Und dafür kriegt sie die Pralinen?«

»Von mir aus tonnenweise.«

»Und warum schmuggelst du sie dann ins Haus? Du könntest doch einfach irgendeinem Laden einen Dauerauftrag ...«

»Ich wollte nicht, daß du etwas merkst.«

»Du hast also doch etwas zu verbergen! Wie heißt sie?«

»Ich wollte nicht, daß irgend jemand etwas davon erfährt. Solang ich der einzige bin, der eine Frau Gutermuth hat, ist mein Sessel auf Jahre gesichert. Stell dir vor, jemand von einem anderen Sender würde sich an sie ranmachen!«

»Aber mit hättest du es doch erzählen können.«

»Ich wollte dich nicht mit einem Geheimnis belasten.«

»Du hattest Angst, ich würde es ausplaudern.«

»Aber nein, Maren! Ich wollte nur nicht...«

»Du vertraust mir nicht.«

»Natürlich vertraue ich dir. Darum habe ich dir jetzt ja auch alles erzählt.«

»Hast du Angst, daß ich es jemandem weitersage?«

»Nein, natürlich nicht.«

»Du wirst sehen: ich kann schweigen wie ein Grab. Niemand erfährt von mir etwas. Niemand!«

»Das ist lieb von dir, Maren.«

»War ich sehr böse zu meinem Schnuckelschwänzchen?«

»Aber nein, mein Zuckerhäschen!«

»Ist jetzt alles wieder gut, mein Engelbärchen?«

»Ja, mein süßes kleines Zauberkaninchen!«

»Ich schwöre dir: ich werde niemandem auch nur ein Wort von unserem Geheimnis erzählen!«

Maren Waschoda hielt ihren Schwur genau einundzwanzig Stunden und achtzehn Minuten lang.

17

Ihr Auftritt in »Ferngesehen, gern gesehen« hatte Katharina M bekannt gemacht. Aber erst die Schlagzeile im ›Telegramm‹ machte sie berühmt.

Schon die frühmorgendliche Schülerhorde wollte nicht nur Kaugummis von ihr, sondern auch Autogramme. Frau M schrieb ihren Namen so umgänglich-distanziert auf Schulhefte und Frühstücksbrot-Tüten, wie sie es an einem Ball der Zeitungsverkäuferinnen einmal bei Freddy Quinn beobachtet hatte. Ein Junge wollte sogar gleich drei Autogramme von ihr haben, ein Wunsch, den sie diesem offensichtlichen Fan gerne erfüllte, nicht ahnend, daß er mit ihrem dreifachen Namenszug nur die Anzahlung für eine Unterschrift von David Hasselhoff leisten wollte.

Die Hausfrauen, gewohnt, die Bedeutung eines Menschen an dessen Titelblatt-Präsenz abzulesen, verlangten ihre Illustrierten mit geradezu ehrerbietiger Höflichkeit und versicherten, sie hätten gleich zu ihren Männern gesagt: »Wenn es noch eine Gerechtigkeit in der Welt gibt, dann muß die Frau M zum Sieger erklärt werden.«

Und sogar Rechtsanwalt Hopf, für den sie immer diese teuren kleinen Zigarren bestellen mußte, hatte den Artikel gelesen und sagte: »Fiat iustitia, pereat mundus«, was Frau M zwar nicht verstand, aber in der Euphorie dieses Vormittags als Kompliment abbuchte. Dann schüttelte Rechtsanwalt Hopf den Kopf und fügte hinzu: »Seltsam. Ich hätte geschworen, daß Sie gestern noch ganz andere Haare gehabt haben.« Frau M hatte nämlich, ihren Verpflichtungen gegenüber der Öffentlichkeit eingedenk, gleich nach dem Foto-Termin im Fernsehstudio den Rest ihres Monatslohnes in eine eigene Perücke investiert und sah jetzt wieder so aus, wie sie schon immer ausgesehen hatte.

»Wann fahren Sie denn nun auf die Azoren?« fragte die Kollegin, die sie um elf Uhr ablöste, und machte Frau M.

damit bewußt, daß Herzlinde Wiegandts Forderung nach einer nachträglichen Korrektur des Quiz-Ergebnisses bei aller Brillanz der Formulierungen noch nicht automatisch bedeutete, daß das Fernsehen auch darauf eingehen würde. »Ich war dieses Jahr eigentlich schon in Urlaub«, antwortete sie ausweichend und machte sich auf den Heimweg.

Üblicherweise war das – den Einkauf von zwei Semmeln und einem Liter Milch eingeschlossen – ein gemütlicher Spaziergang von einer Viertelstunde Dauer. An diesem Morgen wurde der Weg für Frau M zum Triumphzug. Nicht daß rote Teppiche ausgerollt gewesen wären oder Fanfarenbläser Spalier gebildet hätten, es streuten keine kleinen Mädchen Rosenblüten vor ihre Füße, und aus den Fenstern der Häuser ergossen sich keine Konfetti-Kaskaden, aber alle, einfach alle Leute erkannten sie. Zum ersten Mal in ihrem Leben war Katharina M nicht nur Statistin in der Massenszene einer Aufführung, von der sie noch nicht einmal das Textbuch kannte; zum ersten Mal war sie der Star. Wenn Berühmtheit eine Droge ist, dann wurde Katharina in dem Moment süchtig, als der Polizist auf der Kreuzung für sie, nur für sie, die bereits angefahrene Autokolonne noch einmal zum Stehen brachte und grüßend die Hand an den Mützenschirm legte.

Katharina, die bisher immer nur eine namenlose zehnte Stelle nach dem Komma in der Lebenshaltungsstatistik gewesen war, schwelgte in der wohligen Gewißheit, daß nun plötzlich jeder ihren Namen kannte – oder doch zumindest dessen ersten Buchstaben, denn nur als Katharina M hatte sie auf der Titelseite des ›Telegramm‹ tapfer in die Kamera gelächelt.

Die Stimme, die sich auf ihren Anruf beim Fernsehen

meldete, schien allerdings jemandem zu gehören, der das ›Telegramm‹ nicht gelesen hatte.

»Ja, bitte?« sagte die Stimme in dem unpersönlich flachen Ton, mit dem erfahrene Telefonistinnen so erfolgreich Computer imitieren.

»Ich rufe an wegen ›Ferngesehen, gern gesehen‹.«

»Ja, bitte?«

»Ich war da Kandidatin, und ...«

»Wenn Sie sich als Kandidatin für eine Sendung bewerben wollen, dann schicken Sie bitte einen frankierten, an sich selber adressierten Umschlag ...«

»Ich war schon Kandidatin!«

»Soweit ich informiert bin, ist eine zweite Bewerbung nicht möglich«, sagte die Computerstimme.

»Ich will doch nur jemanden sprechen, der für die Sendung zuständig ist.«

»Herr Rößler ist zu Tisch.«

»Und wann ist er wieder da?«

»Ich glaube nicht, daß Herr Rößler heute noch einmal erreichbar sein wird.«

»Und morgen?«

»Das weiß ich wirklich nicht«, sagte die Stimme und deutete durch einen diskreten Tonfallwechsel an, daß sie es zwar sehr wohl wisse, aber nicht daran denke, wildfremden Anrufern die intimsten Geheimnisse des deutschen Fernsehens preiszugeben.

»Es ist aber wirklich wichtig«, sagte Frau M.

»Dann würde ich vorschlagen, daß Sie Herrn Rößler einen Brief schreiben«, sagte die Stimme. »Kann ich sonst noch etwas für Sie tun?«

»Nein«, antwortete Katharina und kam sich ein kleines

bißchen weniger berühmt vor. Mit Thilo Schmedes oder Siegfried Esche wäre die Telefonistin bestimmt höflicher gewesen.

18

Es war Siegfried Esche, wie er später des öfteren betonte, ausgesprochen unangenehm. Sein Besuch bei Martha Fiedler hatte, darauf legte er großen Wert, nichts mit irgendwelcher Publicity zu tun, sondern war nur durch die begreifliche mitmenschliche Sorge um das Wohlergehen einer Frau bedingt, an deren schlechtem Gesundheitszustand er, wenn auch ohne eigenes Verschulden, nicht ganz unbeteiligt war. Leider hatte er nicht gewußt, in welchem Krankenhaus sie lag, und war deshalb gezwungen gewesen, diese Information bei der Journalistin einzuholen, die im ›Telegramm‹ in drei Zeilen über seinen Zusammenstoß mit der älteren Dame berichtet hatte. Natürlich hatte er ihr den Grund für seine Nachfrage nennen müssen, und so kam es, daß Siegfried Esche, ganz ohne sein eigenes Zutun, bei seiner Ankunft vor dem Krankenhaus schon von Herzlinde Wiegandt und einem Fotografen erwartet wurde.

Es dauerte eine ganze Weile, bis er mit seinem großen Strauß roter Rosen das Zimmer erreicht hatte, in dem Frau Fiedler immer noch bewußtlos lag, denn die Ärzte des Krankenhauses hatten, auf welche Weise auch immer, von seinem Besuch erfahren, und ließen es sich natürlich nicht nehmen, den Hausarzt Dr. Patrizius zu begrüßen. Ihre kollegialen Händedrücke wiederum mußten selbstverständlich vom Fotografen in Wahrnehmung seiner Chronistenpflicht für die Nachwelt festgehalten werden.

Schließlich war es dann doch soweit. Siegfried Esche trat, wie er es in seiner Serie so oft getan hatte, an ein Krankenbett. Frau Fiedler lag mit geschlossenen Augen da, die Hände über der Bettdecke gefaltet. Durch die nicht ganz zugezogenen Vorhänge drang ein Sonnenstrahl und warf Schlagschatten auf ihr bleiches Gesicht. In einem Nebenzimmer spielte ein Radio das Adagio von Albinoni.

Siegfried Esche war über das Arrangement nicht glücklich. Immer wenn sein Regisseur eine Krankenbett-Szene so beginnen ließ, dann wußte der Zuschauer, noch bevor der unfehlbare Dr. Patrizius diese Prognose bestätigte: Hier war nichts mehr zu machen. »Abnibbel-Arien« hießen diese Szenen im Fachjargon, und sie endeten für gewöhnlich damit, daß Dr. Patrizius einen seiner philosophischen Kernsätze sprach, zum Beispiel: »Vielleicht ist das kein Ende, sondern ein neuer Anfang.« Auf dieses Stichwort begannen dann die Hinterbliebenen zu schluchzen, der Albinoni wurde lauter, und die Kamera zoomte auf einen Blumenstrauß.

Esche hatte eigentlich nicht vorgehabt, in einer Sterbeszene mitzuwirken. So wie er sich die Rolle zurechtgelegt hatte, wollte er Frau Fiedler die kühle Hand auf die fiebernde Stirn legen, worauf sie die Augen aufzuschlagen und zu flüstern hatte: »Oh, die schönen Blumen.« Er zögerte einen Augenblick und beschloß dann, seinem Script treu zu bleiben. Er setzte sein bestes Krankenbett-Gesicht auf und legte seine Hand auf Frau Fiedlers Stirn.

Der Effekt war verblüffend.

Frau Fiedler, die bis zu diesem Augenblick vollkommen

unansprechbar gewesen war, wie die Krankenhaus-Ärzte in zahlreichen Interviews bestätigten, schlug die Augen auf, lächelte beseligt und sprach die später oft zitierten Worte: »Das Wunder ist geschehen!«

Große Tränen des Glücks, vom Fotografen sofort für die Nachwelt festgehalten, liefen ihr über die Wangen; ein inniges Lächeln strahlte aus ihrem verhärmten Gesicht; sie umfaßte Esches Hände mit den ihren und stammelte immer wieder: »Ich bin geheilt!«

Nur die Routine eines wirklich professionellen Schauspielers verhinderte, daß Siegfried Esche fluchtartig das Weite suchte. Statt dessen neigte er sich über die Kranke und sprach mit seiner sonoren Stimme einen Satz, der in Folge dreiunddreißig von »Hausarzt Dr. Patrizius« sehr gut angekommen war: »Auch Ärzte sind Diener einer höheren Macht.«

Martha Fiedler nickte und antwortete: »Ich weiß, Dr. Patrizius. Unser Herrgott hat Sie gesegnet.« Dann stieg sie, die doch mehr als achtundvierzig Stunden bewegungslos dagelegen hatte, aus dem Bett und fiel vor Siegfried Esche in die Knie. Es war, wie alle Anwesenden später bezeugten, ein unvergeßlicher Moment, dessen Feierlichkeit auch dadurch nicht gemindert wurde, daß Frau Fiedler eines jener Krankenhaus-Nachthemden trug, die sich im Rücken nie ganz schließen lassen.

»Aber nicht doch!« sagte Siegfried Esche.

»Stehen Sie doch auf!« sagte eine Krankenschwester.

»Gehen Sie aus dem Bild!« sagte Herzlinde Wiegandt.

Dann brach in dem Krankenzimmer das Chaos aus.

19

»Es war wirklich nicht leicht«, sagte Dr. Dünsheimer, »aber es ist mir durch meine guten Beziehungen zur Medienwelt gelungen, Ihnen einen Auftritt in der Sendung ›Schlag auf Schlag!‹ zu organisieren.«

»Hervorragend«, antwortete Minister Keller.

»Nur die wenigsten Mitglieder des Kabinetts haben das bisher geschafft«, betonte Dr. Dünsheimer. »Wir können sehr zufrieden sein.«

»Ausgezeichnet«, sagte Keller. »Und Sie sind sicher, daß ein Auftritt in dieser Sendung meine Beliebtheit in der Öffentlichkeit fördern wird?«

Sein Medienberater ließ sich mit der Antwort Zeit. Präzise wie ein Schönheits-Chirurg glättete er zunächst eine kleine Unebenheit in der Glut seiner Pfeife, machte ein paar tiefe Probezüge und klopfte den Pfeifenstopfer am Rand des Aschenbechers sauber. Dann, als ob die Frage des Ministers ihn gerade erst erreicht hätte, wiegte er nachdenklich den Kopf hin und her. »Sagen wir so: Wer bei ›Schlag auf Schlag!‹ gut ankommt, kann sich einer positiven Einwirkung auf seinen Popularitätsindex sicher sein.«

»Und wer nicht gut ankommt?«

»Daran wollen wir doch gar nicht denken! Gerade bei solchen Sendungen ist die richtige Einstellung absolut entscheidend.«

»Was ist denn das für eine Sendung?« fragte Keller, der sich wirklich nur in der Tagesschau auskannte.

»Ganz einfach, ganz locker. Mehr eine Art Plauderei. Der Präsentator stellt Fragen ...«

»Über die Gillermanns?«

»Über alles mögliche. Persönliche Fragen.«

»Weiß man vorher, was gefragt wird?«

»Nicht direkt.« Dr. Dünsheimers Miene machte deutlich, daß er als Spezialist auf solche direkten Informationen auch gar nicht angewiesen war. »Aber es läßt sich denken. Und es kommt ja auch nur darauf an, daß man die Fragen möglichst originell beantwortet. Schlagfertig eben, wie der Titel schon sagt.«

»Ich glaube nicht, daß ich sehr schlagfertig bin.«

»Die andern doch auch nicht! Spontaneität ist ausschließlich eine Frage der sorgfältigen Vorbereitung. Wir werden das trainieren. Treiben Sie Sport?«

»Wie bitte?«

»Was würden Sie antworten, wenn der Präsentator Sie fragt, ob Sie Sport treiben?«

»Ich ... äh ... ich komme leider nicht so häufig dazu, wie ich das gern möchte. Mein Regierungsamt nimmt mich doch sehr in Anspruch. Aber ab und zu mache ich eine Bergwanderung mit meiner Frau. Wie war das?«

»Noch nicht ideal«, antwortete Dr. Dünsheimer, und es war unverkennbar, daß ihn nur seine gute Kinderstube daran hinderte, einen bedeutend stärkeren Ausdruck zu verwenden. »Viel zu viele kontraproduktive Assoziationen. Genagelte Schuhe, karierte Socken, Knickerbocker. Wandern ist überhaupt nicht dynamisch.«

»Ich mache aber wirklich gerne Wanderungen.«

Wie immer, wenn er dozierte, pochte Dr. Dünsheimer mit dem Mundstück seiner Pfeife rhythmisch an den rechten Nasenflügel. »Die Wirklichkeit, mein lieber Herr Minister, die Wirklichkeit ist keine unveränderliche Größe.

Zumindest nicht in den Medien. Außerdem erwartet in der Sendung niemand eine sachliche Antwort von Ihnen.«

»Sondern?«

»Eine Pointe. Wenn Sie nach Ihren sportlichen Aktivitäten gefragt werden, könnten Sie beispielsweise antworten: Ich erklimme Aktenberge, übe den Slalom zwischen Paragraphen und bemühe mich, dabei kein Eigentor zu schießen.«

»Das heißt doch nichts.«

»Aber es ist gut für einen Lacher.«

Minister Keller schien noch nicht überzeugt. »Ich bin Minister und kein Komiker«, sagte er.

Dr. Dünsheimer unterdrückte die Feststellung, daß zwischen diesen beiden Beschäftigungen seiner Meinung nach kein großer Unterschied bestünde. »Möchten Sie gern von Miss Deutschland geküßt werden?« fragte er.

»Sie meinen: Falls ich das in der Sendung gefragt werde?«

»Was würden Sie antworten?«

»Wieso gerade Miss Deutschland?«

»Das ist keine sehr gute Antwort.«

»Das hab ich Sie gefragt. Wie kommen Sie gerade darauf.«

»Ich habe in Erfahrung bringen können, daß die junge Dame ebenfalls in der nächsten Sendung von ›Schlag auf Schlag!‹ zu Gast sein wird. Und da ist diese Frage doch nur logisch.«

»Die Frage ist völlig idiotisch.«

»Um so größer ist die Wahrscheinlichkeit, daß sie gestellt wird.«

»Ich würde antworten...« Minister Keller dachte angestrengt nach. »Ich würde antworten: Wenn meine Frau nichts dagegen hat, warum nicht?«

»Schon besser«, sagte Dr. Dünsheimer im Ton eines Pädagogen, der einen schwachen Schüler lobt, obwohl ihm der nicht viel Grund dazu gegeben hat. »Noch wirksamer wäre es allerdings, wenn Sie gar nicht antworten, sondern wortlos aufstehen und Miss Deutschland küssen.«

»Das kann ich nicht!«

»Es handelt sich um eine sehr hübsche junge Dame.«

»Das ist einfach nicht mein Stil.«

»Schade«, sagte Dr. Dünsheimer. »Sehr schade. Ein anderes Beispiel: Warum nennt man Sie eigentlich ›Baby‹ Keller?«

»Was fällt Ihnen ein?«

»Das dürfen Sie auf gar keinen Fall antworten. Wer sich vor laufender Kamera ärgert, hat schon verloren.«

»Mich sowas zu fragen – das ist eine absolute Frechheit. Das ist unerhört.«

»Um so besser können Sie beweisen, wieviel Humor Sie haben.«

»Wissen Sie, Dr. Dünsheimer«, sagte Minister Keller, und sein Kinn zitterte ganz gewaltig, »ich glaube, ich habe nicht genügend Humor für diese Sendung. Sagen Sie den Leuten, ich hätte leider an dem Tag einen unaufschiebbaren Termin. Eine Besprechung beim Kanzler oder so was. Und suchen Sie mir bitte einen anderen Ort, wo ich auftreten kann!«

20

Rein medizinisch gab es keinen Grund, Frau Fiedler nicht auf der Stelle nach Hause zu entlassen. Alle Untersuchungen bestätigten eindeutig: sie war absolut gesund. Aber ihr Fall war für die Ärzte so interessant und außerdem mit soviel Aufmerksamkeit von seiten der Medien verbunden, daß man sich entschloß, sie noch etwas länger zur Beobachtung im Krankenhaus zu behalten. Daß man sie dazu aus dem Einzel- in ein Vierbettzimmer verlegte, hatte weniger mit therapeutischen Aspekten zu tun als mit der Tatsache, daß man erst nach ihrer Rückkehr ins Bewußtsein erfahren hatte, wie schlecht versichert sie war.

Frau Fiedler teilte ihr neues Zimmer mit einer Hüftgelenk-Arthrose, einem Leistenbruch und einer Blinddarmentzündung. Die drei hatten natürlich vom Besuch Siegfried Esches gehört und waren begierig, alles über ihn zu erfahren.

»Er ist ein Heiliger«, erklärte Frau Fiedler, »es gibt kein anderes Wort dafür. Man spürt Seine Kraft jedesmal, wenn Er auf dem Bildschirm erscheint.«

»Ich seh die Sendung eigentlich nie«, sagte die Hüftgelenk-Arthrose, »um die Zeit essen wir immer.«

»Ich würde drei Tage fasten, um Ihn nicht zu versäumen!« Der vorwurfsvolle Unterton in Frau Fiedlers Bekenntnis war nicht zu überhören. »Das ist für mich wie Gottesdienst.«

»Aber wie haben Sie ihn kennengelernt?« fragte der Leistenbruch.

»Es begann damit«, sagte Frau Fiedler, und es klang, als ob sie aus der Bibel vorläse, »daß ich an Krebs erkrankte.«

»Als ich diese Schmerzen bekam, dachte ich auch zuerst an Krebs«, sagte die Blinddarmentzündung. »Aber zum Glück war es dann harmlos.«

»Bei mir war es nicht harmlos. Auf dem Röntgenbild war dieser große schwarze Fleck. Und als der Arzt sagte, daß er mich nicht operieren wolle, da wußte ich, daß ich nicht mehr lang zu leben hatte.«

»Warum wollte er Sie denn nicht operieren?« fragte die Blinddarmentzündung, die ihren Krankenhausaufenthalt sehr genoß.

»Weil es hoffnungslos war. Er hat versucht, mir einzureden, es wäre alles nicht so schlimm, aber ich wußte, meine Stunde war gekommen.«

»Vielleicht war es wirklich nicht so schlimm«, meinte die Hüftgelenk-Arthrose. »So ein schwarzer Fleck auf einem Röntgenbild muß noch nichts bedeuten.«

Martha Fiedler warf ihr einen vernichtenden Blick zu. »Wenn ein Arzt so etwas sagt, dann will er einem damit nur Mut machen. Es war genau wie damals in der Folge mit dem Landstreicher, der unbedingt noch einmal nach Amerika wollte. Er ist dann glücklich gestorben. Aber das können Sie natürlich nicht wissen. Sie essen ja immer um diese Zeit.«

»Wie haben Sie ihn denn nun kennengelernt?« fragte der Leistenbruch.

»Es war in der Folge mit der Ballett-Tänzerin, die bei dem Unfall beide Beine verloren hatte. Dr. Patrizius saß an ihrem Bett, wischte ihr die Tränen vom Gesicht und sagte: ›Man kann auch mit der Seele tanzen.‹ In diesem Moment schien mir plötzlich, als ob Sein Bild im Fernseher zu leuchten beginnen würde. Immer heller wurde es.«

»Das macht unser Fernseher auch manchmal«, sagte die Hüftgelenk-Arthrose. »Aber wenn man ein paarmal oben draufhaut, dann gibt sich das wieder.«

Frau Fiedler strafte die Unterbrechung mit Verachtung und fuhr fort: »In diesem Augenblick wurde mir klar: Er ist der einzige Mensch, der mir helfen kann!«

»Siegfried Esche?« fragte der Leistenbruch.

»Dr. Patrizius?« fragte die Blinddarmentzündung.

»Er!« sagte Martha Fiedler, und wenn sie es in einer Folge von »Hausarzt Dr. Patrizius« in diesem Tonfall gesagt hätte, dann wären auf dem Soundtrack Geigen erklungen. »Ich habe meine Röntgenbilder in eine Schachtel gepackt und vor Seinem Haus auf Ihn gewartet.«

»Woher wußten Sie denn, wo er wohnt?« fragte die Hüftgelenk-Arthrose, die einen Hang zu prosaischen Details hatte.

»Das weiß man. In ›Frau mit Herz‹ war ein großer Bericht über Seine Wohnung. Ich bin mit der Straßenbahn hingefahren. Noch keine fünf Minuten war ich da, als Er aus dem Haus trat.«

»Und da haben Sie ihn angesprochen?« Der Leistenbruch stöhnte auf, denn er hatte sich vor Aufregung zu heftig im Bett bewegt.

»Nein. Es war, als ob eine Stimme zu mir sagte: ›Es ist noch nicht der Moment.‹ Er ist in Seinem Auto weggefahren, und ich habe mir ein Taxi genommen und bin Ihm gefolgt. Ich nehme sonst nie ein Taxi!« Sie sagte es mit dem überwältigten Staunen eines Agnostikers, der einem unwiderlegbaren Gottesbeweis begegnet ist. »Er fuhr an die Spiegelstraße, und dort habe ich wieder auf Ihn gewartet. Drei Stunden war Er in dem Haus. Ich weiß nicht, was Er dort gemacht hat. Sein Name steht an keiner Klingel. Und dann kam Er heraus.« Sie machte eine Kunstpause, die jedes Kanzelredners würdig gewesen wäre, und in die auch die Hüftgelenk-Arthrose nichts hineinzufragen wagte.

»Ich bin auf Ihn zugegangen«, fuhr Martha Fiedler fort, »ohne zu wissen, was ich sagen sollte. Aber Er hat mich auch so verstanden. Er sah mich an und hat segnend Seine Hand gehoben. Und als Er mich damit berührte, da durchzuckte es mich wie ein Blitz. Von diesem Moment an erinnere ich mich an nichts mehr. Ich bin erst wieder zu mir gekommen, als Er an meinem Bett stand. Und da wußte ich, ich bin geheilt!«

Einen Moment war es ganz still in dem Zimmer. Dann sagte der Leistenbruch leise: »Legen Sie Ihre Hand auf meinen Bauch. Vielleicht haben Sie etwas von seiner Kraft mitbekommen.«

Die Blinddarmentzündung schwieg. Und nur die Hüftgelenk-Arthrose murmelte vor sich hin: »Ich möchte bloß wissen, was das bedeuten soll – ›Man kann auch mit der Seele tanzen!‹«

21

Auch Rößler brauchte dringend einen Wunderdoktor, denn seit Frau M als Opfer der Fernsehbosse auf der Titelseite des ›Telegramm‹ geprangt hatte, litt seine Karriere an galoppierender Schwindsucht.

Zum Glück gab es Balthasar Pfau.

Pfau war eine regelrechte Fernseh-Institution, auch wenn die meisten Zuschauer nicht mehr über ihn zu sagen gewußt hätten als: »War der nicht mal Sportreporter?« Tatsächlich hatte er seine Laufbahn als Kommentator von Fußballspielen und Pferderennen begonnen, aber bald schon war offenbar geworden, daß seine besondere Begabung, manche sagten sogar, sein Genie, auf dem Gebiet der Sprache lag. Viele der von ihm erstmals verwendeten Formulierungen hatten sich zu geflügelten Worten gemausert, er war der Schöpfer von so brillanten Wendungen wie »Die Abwehr massiert sich im Strafraum« oder »Wer keine Tore schießt, kann kein Spiel gewinnen«. Eine nie ganz widerlegte Legende wollte sogar wissen, daß es Balthasar Pfau gewesen sei, der als Ghostwriter von Sepp Herberger die unsterblichen Sätze vom Ball, der rund ist, und vom Spiel, das neunzig Minuten dauert, geprägt habe.

Heute arbeitete Pfau nicht mehr ausschließlich für den Sport. Auf seiner Planstelle, die wie ein erratischer Block als letztes Überbleibsel aus dem Schutt einer längst aufgelösten Abteilung ragte, stand er allen hilfsbedürftigen Kollegen zur Verfügung. Wer im Sender ein Formulierungsproblem hatte, klopfte früher oder später an seine Türe.

Rößler mußte mit dem Ellenbogen anklopfen; das lag an der Kiste Bier, die er zur Beförderung des Denkprozesses mit sich schleppte. Schon bei der ersten Flasche brachte Pfau Rößlers umständliche Darlegung des Problems auf den Punkt: »Du hast Scheiße gebaut, und jetzt suchst du eine Erklärung, warum die Scheiße keine Scheiße, sondern pures Gold war.«

»So würde ich es nicht formulieren.«

»Ich schon. Selbsterkenntnis ist der erste Schritt zur guten Ausrede.«

»Ich bin gar nicht auf den Gedanken gekommen, daß es in dieser doofen Serie zwei Schweine gegeben haben könnte.«

»Wenn dir Gedanken kämen, wärst du nicht Redakteur«, sagte Pfau, der ebenso sentenziös wie unkündbar war. »Es gab also zwei Schweine?«

»Lucy und Lumpi, jawohl.«

»Und nach welchem war gefragt?«

»Keine Ahnung.«

»Daß du keine Ahnung hast, das wissen nur wir zwei und der Programmdirektor. Was die Öffentlichkeit angeht, ist ein Fernseh-Redakteur allwissend, allmächtig und mindestens so unfehlbar wie der Papst. Welche Antwort wurde denn in der Sendung als richtig bezeichnet?«

»Lucy.«

»Dann war Lucy auch die richtige Antwort. Das ist die normative Kraft des Faktischen.«

»Die Was des Was?«

»Vergiß es, Rößler! Eröffne lieber die nächste Flasche, auf daß mein Geist beflügelt werde!«

Die Erleuchtung kam nach der vierten Pulle. Pfau schaltete das Videogerät aus, mit dessen Hilfe er sich gerade den Schluß von »Ferngesehen, gern gesehen« noch einmal zu Gemüte geführt hatte, und rief: »Das ist eine Sau!«

»Hagerer?« fragte Rößler.

»Der auch. Ich könnte dir über seine privaten Hobbies Geschichten erzählen... Aber diesmal war mit der Sau nicht er gemeint.«

»Sondern?«

»Lucy! Hagerer hat gefragt: ›Wie hieß die Sau?‹ Also konnte die korrekte Antwort gar nicht Lumpi heißen.«

»Warum nicht?«

»Weil Lumpi keine Sau ist, sondern ein Eber! Wenn deine Kandidatin besser zugehört hätte, dann wäre ihr klar geworden, daß mit dieser Fragestellung ganz eindeutig nur ein weibliches Exemplar der Familie Suidae gemeint sein konnte. Denn selbstverständlich hatte der zuständige Redakteur bei seiner gewohnt sorgfältigen Vorbereitung die Existenz eines zweiten Schweines ermittelt, und die Frage entsprechend präzis formuliert.«

Rößler starrte Pfau einen Augenblick lang fassungslos an. Dann sagte er ehrfurchtsvoll: »Balthasar, du bist eine ganz gerissene Sau!«

»Eber, bitte«, antwortete Pfau.

22

Maren Waschoda hielt ihren Schwur genau einundzwanzig Stunden und achtzehn Minuten lang. Dann vertraute sie ihrer besten Freundin unter dem Siegel strengster Verschwiegenheit an, daß ihr Mann – du wirst es nicht glauben! – sich bei der Gestaltung seiner Programme nur nach Frau Gutermuth richte – du weißt doch, unsere dikke Haushälterin! – und daß er behauptete, Frau Gutermuth habe den absoluten Geschmack – ist das nicht zum Schreien?

Die beste Freundin hatte einen Mann, der hieß, auch wenn das für die Geschichte nicht sehr erheblich ist, Adolf.

Dieser Adolf hatte die Gewohnheit, immer sehr lange auf seinem Essen herumzukauen, wobei er ein malmendes Geräusch erzeugte, das seine Frau trotz langjähriger Gewöhnung jedesmal bis zur Weißglut reizte. Sie versuchte dann immer, das Gemalme durch angeregtes Plaudern zu übertönen, wofür sie, da Adolf sehr ausdauernd kaute, jeden Tag eine ganze Menge Gesprächsstoff brauchte. Eine Portion Rindsleber, die wirklich recht zäh geraten war, erzeugte bei ihr einen derartigen Themenmangel, daß sie in ihrer Verzweiflung schließlich auch die Geschichte von Frau Gutermuth als Schalldämmung einsetzte.

Eigentlich war Adolf der ideale Bewahrer von Geheimnissen, da er, vielleicht weil das Kauen seine Kiefermuskulatur so völlig auslastete, ein äußerst wortkarger Mensch war. Der Zufall wollte es aber, daß an Adolfs Arbeitsplatz im Finanzamt 11 genau an diesem Tag ein neuer Kollege namens Gutermuth seinen Dienst antrat, und so konnte es natürlich nicht ausbleiben, daß Adolf sich bei ihm erkundigte, ob er vielleicht mit jener Frau Gutermuth verwandt sei, die im Fernsehen einen so maßgeblichen Einfluß auf das Programm ausübe.

Herr Gutermuth war nicht verwandt, aber er erzählte die Geschichte zu Hause beim Abendessen, wobei er weniger Gewicht auf den Inhalt seiner Erzählung legte als auf die Feststellung, es sei absolut unglaublich, mit was für Idioten man zusammenarbeiten müsse, und Typen wie dieser Adolf seien der Grund dafür, warum Finanzbeamte in der Öffentlichkeit völlig ungerechtfertigterweise einen so schlechten Ruf hätten.

Sein Sohn, Fritz Gutermuth, versuchte seinerseits auf dem Pausenplatz die Gunst einer schon lange heimlich verehrten elfjährigen Mitschülerin zu erringen, indem er mit einer imaginären Tante prahlte, die im Fernsehen das Sagen habe. Der Flirt ließ sich zunächst gar nicht schlecht an, aber mit dem Angebot, seiner Angebeteten eine Fahrt im »Knight Rider«-Auto zu organisieren, überreizte er seine Hand und mußte sich als »Aufschneider, den man nie mehr in einer Mathe-Prüfung abschreiben ließe« abqualifizieren lassen.

Das Gespräch zwischen den beiden wurde ziemlich lautstark geführt und endete mit dem Entreißen und In-die-Mülltonne-Schmeißen eines rosaroten Haarbandes. Das wiederum führte zum Eingreifen des an diesem Tag mit der Pausenaufsicht betrauten Turnlehrers Stadler, der die Geschichte zwei Tage später zur Auflockerung eines längeren postkoitalen Schweigens seiner neuesten Eroberung erzählte. Die junge Dame, die sich gerne und oft erobern ließ, gab die Information schon in der nächsten Nacht an einen Automechaniker weiter, der sie durch seine dichte schwarze Brustbehaarung beeindruckt hatte; der Automechaniker erzählte die Story unter einem Opel Manta liegend seinem Kollegen Werner; der reichte sie im »Scharfen Eck« an einen größeren Kreis von Stammgästen weiter, und ...

Aber in einem Zeitalter, wo die Öffentlichkeit gegen die Abholzung von Wäldern zur Herstellung von unnötigen Buchseiten zu Recht auf die Barrikaden geht, sollte man sich, auch wenn dadurch manch hochinteressantes Detail für immer in Vergessenheit gerät, auf das Wesentliche beschränken. Sagen wir also knapp: Nach vielen Zwischenstationen erreichte die Sage von der geschmackprägenden Haushälterin des Unterhaltungschefs auch den freien Fernsehproduzenten Udo Reibedanz, und damit nahmen die Entwicklungen ihren Anfang, die den Unterhaltungschef Waschoda zuerst beinahe den Verstand kosten, ihn dann aber glorreich zu seinem größten Triumph führen sollten.

23

Der Abend war von Anfang an schiefgelaufen.

Herr Marhenke hatte Siebenzahl dahingehend instruiert, er solle die Behinderung seines Fahrgastes möglichst übersehen und alle notwendigen Handreichungen so unauffällig wie möglich leisten, aber Garhammer hatte die diskret dargebotenen guten Dienste auf geradezu verletzende Weise überflüssig gemacht. Der Sekretär des Invalidenverbandes hatte sich mit der Gelenkigkeit eines Spitzenathleten aus seinem Rollstuhl gehievt, sich mit einer Hand am Dach des Mercedes festgehalten und mit der anderen sein Gefährt zusammengeklappt. Wahrscheinlich hätte er es auch noch selber im Kofferraum verstaut, aber so weit hatte es Siebenzahl denn doch nicht kommen lassen. Wer sich vorgenommen hat, als guter Samariter aufzutreten, läßt sich diese Gelegenheit zum Edelmut nicht kampflos nehmen.

Auch bei der Wahl des Lokals hatte Herr Marhenke, der doch als einer der fürsorglichsten Gastgeber Münchens galt, für einmal keine glückliche Hand gehabt. Die Türe des berühmten gläsernen Aufzuges, der zum exklusiven Panorama-Restaurant führte, erwies sich als zu schmal für den Rollstuhl, so daß Garhammer bis zum vierzehnten

Stockwerk praktisch in Marhenkes Armen liegen mußte, während Siebenzahl mit dem Rollstuhl die Feuertreppe hinaufkeuchte. Und um Garhammer die Zufahrt zum reservierten Tisch zu ermöglichen, mußte dann auch noch eine versilberte Zimmerpalme samt pseudorömischem Untersatz weggetragen werden.

Und als Herr Marhenke dann endlich mit dem ersten Glas Rosé-Champagner auf die gemeinsamen Pläne anstoßen wollte, da zeigte der Invaliden-Sekretär keineswegs die Dankbarkeit, die Marhenke mit väterlicher Bonhomie hatte abwehren wollen, sondern meldete Zweifel an.

»Ich bin immer noch nicht ganz von Ihrem Plan überzeugt.«

»Die Zahlen sind doch wohl überzeugend genug. Zwei Mark von jeder Platte gehen an Ihren Verband. Das sind bei einer Million verkaufter Tonträger ...«

»Warum sollten eine Million Menschen diese Platte kaufen?«

»Weil sie Menschen sind, Herr Garhammer! Weil sie einen tapferen Künstler unterstützen wollen, der es trotz seiner Behinderung geschafft hat ...«

»Aus Mitleid also?«

Herr Marhenke war es nicht gewohnt, in einer Suada unterbrochen zu werden, aber er ließ sich seine Irritation nicht anmerken. »Was haben Sie gegen Mitleid, Herr Garhammer? Mitleid ist eine der edelsten Triebfedern menschlichen Handelns. Warum wollen Sie ausgerechnet dem deutschen Plattenkäufer diese lobenswerte Emotion verweigern?«

»Weil für einen Behinderten Mitleid noch lästiger ist als eine zu enge Aufzugtüre.«

»Wir bieten ja einen reellen Gegenwert. Zwölf Lieder, die zu Herzen gehen.«

»Vorläufig haben wir weder die Lieder noch den Mann, der sie singen soll.«

»Wir haben das Konzept. Und glauben Sie einem Mann, der sich sein Leben lang mit Medienmarketing befaßt hat: Das Konzept macht die Musik!« Herr Marhenke hob wieder das Champagnerglas, aber Garhammer übersah die Aufforderung zum verbrüdernden Anstoßen schon zum zweiten Mal.

»Wenn wir Balz Klett überreden könnten ...« sagte er nachdenklich.

»Wer ist Balz Klett?«

»Ein Mann, der ohne seine Behinderung möglicherweise eine ganz große Karriere gemacht hätte. Er hat eine wunderschöne Stimme.«

»Ist er blond?«

»Er ist Tenor«, antwortete Garhammer, der vielleicht nicht richtig zugehört hatte.

»Wo kann ich ihn hören?«

»Wir haben da nächstens eine Veranstaltung. Keine große Sache, verstehen Sie, mehr so eine Art bunter Abend. Ich lade Sie gerne ein.«

»Hervorragend«, sagte Herr Marhenke, »das ist ja ganz hervorragend. Vielleicht ist dieser Balz Klett genau der Mann, den wir suchen.« Er hob zum dritten Mal sein Glas, und diesmal griff auch Garhammer nach dem seinen. Marhenke schloß genießend und sinnierend die Augen und fügte hinzu: »Seinen Namen müßten wir natürlich ändern.«

»Wieso?«

»Balz Klett. Viel zu wenig weiche Konsonanten. Glauben Sie mir, Herr Garhammer: ein Sänger braucht einen Namen, den man singen kann. Darum haben auch die Italiener so viel Erfolg.«

24

Die Szene kam in der Serie immer dann vor, wenn Hausarzt Dr. Patrizius eine Entscheidung zu treffen hatte, bei der es um Leben und Tod ging. Und da in seiner Praxis seltene, aber höchst gefährliche Krankheiten sehr viel häufiger waren als kommune Erkältungen, tauchte die Szene oft in den Drehbüchern auf. Sie bestand jeweils darin, daß Dr. Patrizius in irgendeiner reizvollen Landschaft mit seinem Hund spazieren ging und sich dort im Zwiegespräch mit dem stummen aber verständnisvollen Vierbeiner zu einem Entschluß durchrang.

Siegfried Esche liebte diese Szenen, vor allem weil dabei kein anderer Schauspieler von ihm ablenkte. Er wußte, wie publikumswirksam es war, wenn er die wohlklingenden Sätze, die ihm der Drehbuchautor zu diesem Zweck in den ausdrucksvollen Mund legte, mit leiser Stimme vor sich hin sprach. Manchmal rührte er sich dabei selber zu Tränen.

»Sein Leben liegt in meiner Hand, Hasso«, sagte Esche zu seinem Hund, »aber wer wird diese Hand führen?«

»Scheiße«, rief der Mann vom Ton, »ich habe schon wieder ein Flugzeug drin!«

»Laufen lassen! Gleich noch mal!«

»Sein Leben liegt in meiner Hand, Hasso, aber wer

wird diese Hand führen?« Esche machte eine Pause. In der Großaufnahme sah es aus, als ob er über die tiefsten Rätsel des Lebens nachgrübelte. Dann fiel ihm der Text wieder ein, und er fuhr fort: »Wird mir eine höhere Macht zur Seite stehen?«

»Scheiße!« Der Mann vom Ton hatte ein ziemlich beschränktes Vokabular. »Schon wieder nicht sauber.«

»Noch ein Flugzeug?«

»Nein! Da singt jemand!«

»Ruhe!« brüllte der Regisseur. »Das ist eine Location und kein Rummelplatz! Können wir noch mal, Siegi?«

»Ich kann immer noch mal«, sagte Esche, und der Kameramann grinste pflichtschuldig über den oft gehörten Scherz.

»Also dann!«

»Sein Leben liegt in meiner Hand, Hasso, aber wer wird...« Esche brach ab. »Jetzt hör ich es selber. Da singt jemand!«

Von ferne klang ein Chor dünner Frauenstimmen durch den Park. Zuerst waren die Worte nicht zu verstehen, aber dann konnte es keinen Zweifel mehr geben. »Halleluja«, sangen die Frauen. »Hosianna!«

»Irgend jemand soll dafür sorgen, daß die Weiber den Mund halten«, sagte der Regisseur, und sein Assistent, der immer gemeint war, wenn irgend jemand »irgend jemand« sagte, rannte los. Hasso, im Irrglauben, er habe endlich einen Spielgefährten gefunden, rannte hinter ihm her.

»Der Hund! Irgend jemand soll den Hund zurückbringen!« Da der Regieassistent nicht mehr anwesend war, fühlte sich niemand im Team angesprochen.

»Ist heute eine Prozession oder so was?« fragte Esche.

»Nicht daß ich wüßte. Aber diese religiöse Welle wird immer stärker.«

»Das stimmt«, sagte Esche. »Es gibt schon bald mehr Pfarrer und Nonnen im Programm als Kommissare.«

»Halleluja!« Die Frauen waren nähergekommen.

»Ruhe!« brüllte der Regisseur.

»Hosianna!« sangen die Frauen.

»Scheiße!« sagte der Mann vom Ton.

»Muß ich mich jetzt auch noch selber um die Absperrungen kümmern?« fragte Esche.

»Es soll sofort irgend jemand...«

Aber der Regieassistent samt Hasso war verschwunden. Dafür tauchte zwischen den Bäumen eine seltsame Gruppe auf- etwa ein Dutzend meist älterer Frauen, die alle die neueste Ausgabe einer Programmillustrierten in Händen hielten. Auf den Titelblättern lächelte Hausarzt Dr. Patrizius ins Leere. An der Spitze der Frauen ging Martha Fiedler und leitete den Wechselgesang. »Hosianna!« sang sie mit schütterer Stimme, und die anderen wiederholten: »Hosianna!«

Als die Frauen ihres Idols ansichtig wurden, blieben sie stehen. »Jubilate!« sang Martha Fiedler und fiel in die Knie. Die anderen folgten ihrem Beispiel. »Jubilate!«

»Tut mir leid«, sagte der Regieassistent, der ganz außer Atem – oder lachte er etwa? – zurückgekommen war. »Sie lassen sich nicht abhalten.«

»Benedicite!« sangen die Frauen. »Halleluja!«

»Wo ist der Hund?«

»Der frißt sich gerade voll. Sie haben ihm eine Riesenpackung Hundekuchen mitgebracht. Sie sagen, er wär so was wie der heilige Franz von Assisi.«

»Hasso?«

»Esche. Sie sind gekommen, um ihn anzubeten.«

»Hosianna!« sangen die Frauen.

»Siegi«, sagte der Regisseur, »jetzt haben wir ein echtes Problem. Du mußt mit ihnen reden.«

»Ich denke ja gar nicht daran.«

»Solange sie ihre Psalmen singen, können wir nicht drehen. Und mit Gewalt können wir die Weiber nicht fortschaffen.«

»Holt doch die Polizei!«

»Wenn du meinst, Siegi. Aber ich kann mir vorstellen, was dann morgen im ›Telegramm‹ steht. Als Wunderheiler hast du so deine Verpflichtungen!«

»Ich bin Schauspieler!«

»Dann spiel Ihnen was vor. Wenn du sie nicht zum Schweigen bringst, kommt unser ganzer Drehplan durcheinander.«

Siegfried Esche atmete tief durch. Dann ging er langsam auf die knieenden Frauen zu.

»Halleluja!« sangen sie. »Hosianna!«

Esches Handbewegung ließ sie verstummen.

»Ich bin ein einfacher Mensch«, sagte er leise.

»Er hat mich geheilt!« rief Frau Fiedler.

»Heilen liegt nicht in meiner Hand.«

»Es ist die Hand eines Wundertäters.«

Siegfried Esche zögerte. Ein grübelnder Zug lag auf seinem Gesicht. Dann fuhr er mit erhobener Stimme fort: »Aber wer wird diese Hand führen? Wird mir eine höhere Macht zur Seite stehen?«

Ein Schauspieler ist immer besser, wenn er einen Text hat.

25

Hinterher waren sich alle einig, daß sie es schon vorher gewußt hatten.

Die einen behaupteten, sie hätten in den Augen von Frau M so ein unheimliches Flimmern bemerkt und gleich gedacht, hier trage sich jemand mit mörderischen Plänen. Die anderen wollten sogar ein dämonisches Flüstern gehört haben, wobei die Meinungen auseinandergingen, ob Frau M nun »Rache!« oder »Vergeltung!« vor sich hin gemurmelt habe. Auf jeden Fall, hieß es hinterher, habe es sehr blutrünstig geklungen.

Tatsache ist, daß niemandem in der Redaktion etwas Besonderes aufgefallen war. Alle hatten vor ihren Bildschirmen gesessen, auf denen schon die Sensationen des nächsten Morgens flimmerten, und keiner hatte mitgekriegt, was sich zwischen Herzlinde Wiegandt und ihrer Besucherin abspielte.

»Sie müssen etwas unternehmen.«

»Wieso?«

»Sie haben selber gesagt: Ganz Deutschland ist empört!«

»Ganz Deutschland war empört. Einen Tag lang. Am nächsten ließ die Empörung schon gewaltig nach. Und heute kann sich kein Mensch mehr erinnern, daß er mal empört war.« Herzlinde Wiegandt wandte sich so schwungvoll wieder ihrem Bildschirm zu, daß es keinen Zweifel geben konnte: für sie war die Angelegenheit abgeschlossen und die Audienz beendet.

Doch so leicht ließ sich Katharina M, gestählt in den Schlachten um die Grabbeltische zahlloser Schlußverkäufe, nicht abwimmeln. »Sie haben versprochen, für mich zu kämpfen!«

»Ich habe für Sie gekämpft. Sie hatten vier Spalten auf der Titelseite. Mehr kriegen höchstens Flugzeugabstürze oder Fünflinge.«

»Aber es hat nichts genützt. Das Fernsehen will mir keine Reise auf die Azoren zahlen.«

»Glauben Sie mir«, sagte Herzlinde Wiegandt, »da haben Sie gar nichts verpaßt. Ich war mal wegen so einer PR-Geschichte da unten. Wir konnten gar nicht so schnell gähnen, wie wir uns gelangweilt haben.«

»Es geht doch um die Gerechtigkeit!«

Die Journalistin sah ihr Gegenüber so überrascht an, als ob Frau M gerade ein Ei auf den abgetretenen Spannteppich des Großraumbüros gelegt hätte. So überrascht, aber viel weniger interessiert. Eine eierlegende Frau gibt eine Schlagzeile ab; eine Frau, die an Gerechtigkeit glaubt, ist journalistisch völlig unergiebig.

»Gute Frau«, sagte Herzlinde Wiegandt, und es war ihr deutlich anzumerken, daß sie das Adjektiv nicht im wörtlichen Sinne verwendete, »gute Frau, ich will Ihnen mal was sagen! Geschichten sind wie Fleischkonserven. Jede hat ihr Verfalldatum. ›Frau M als Opfer der Fernsehbosse‹ – so was ist zum sofortigen Verbrauch bestimmt. Ex und hopp. Die einzige Fernseh-Story, die heute jemanden interessiert, ist ›Dr. Patrizius als Wunderheiler‹. Die hält drei Tage. Und man kann sie wieder aufwärmen, wenn er noch ein paar Leute gesund macht. Wenn Sie also unbedingt noch einmal auf die Titelseite wollen, dann brechen Sie sich ein Bein, und lassen es von Siegfried Esche geradebiegen. Und jetzt habe ich zu arbeiten. Auf Wiedersehen.«

Frau M starrte noch eine ganze Weile auf den Drehsessel, hinter dessen hoher Rückenlehne ihre Gesprächspartnerin wie hinter einer Mauer verschwunden war. Dann riß sie sich die falschen Haare vom Kopf und warf sie auf den Schreibtisch. Es sollte ein Fehdehandschuh sein, aber die Perücke landete auf der Tastatur des Computers wie ein vom Baum gewehtes Vogelnest.

26

Wenn Udo Reibedanz befürchtet hatte, als Vertreter eines Umfrage-Institutes nicht überzeugend zu wirken und am Ende gar als Fernseh-Produzent entlarvt zu werden, dann erwies sich diese Angst sehr bald als völlig unbegründet. Frau Gutermuth schöpfte nicht nur keinen Verdacht, sondern war sogar ausgesprochen begeistert, daß sich endlich mal jemand für ihre Meinung interessierte.

»Es geht sicher um diese Geschichte mit Doktor Patrizius. Also, ich halte das durchaus für möglich, daß der jemanden gesund machen kann.«

»Das war es eigentlich nicht, was ich ...«

»Obwohl heute im ›Telegramm‹ steht, daß das gar nicht sein kann. Aber sie fragen eben immer die falschen Leute. Gestern stand auch so ein Unsinn drin: Die meisten Deutschen hätten gesagt, die beste Musikgruppe aller Zeiten seien die Beatles gewesen. Das stimmt natürlich überhaupt nicht.«

»Nicht?«

»Die beste Musikgruppe ist das Naabtal-Duo, das ist ja

wohl klar. Die Beatles können ja nicht mal Deutsch. Oder haben die je so etwas Schönes gesungen wie ›Patrona Bavariae‹?«

»Wie was?« fragte Udo Reibedanz, der sich mehr für Zwölftonmusik interessierte.

»Patrona Bavariae«, sang Frau Gutermuth, »hoch überm Sternenzelt ...«

»Wie gesagt«, unterbrach Reibedanz hastig, »der Computer in unserem Meinungsforschungs-Institut hat Sie ausgesucht, und ich wäre Ihnen wirklich sehr dankbar, wenn Sie mir ein paar Fragen beantworten würden.«

»Breite deinen Mantel aus ...« sang Frau Gutermuth inbrünstig.

»Könnten wir nicht hineingehen? Es dauert vielleicht etwas länger, und da sollten wir nicht hier vor der Haustüre ...«

»Über unsere Weeelt!« Frau Gutermuth beendete ihren Gesangsvortrag mit einem triumphierenden Vibrato. »Jetzt sagen Sie selber: Haben die Beatles je so etwas gesungen?«

»Bestimmt nicht!« antwortete Reibedanz aus tiefstem Herzen.

»Sehen Sie. Aber ihr fragt eben immer die falschen Leute.«

»Heute möchten wir einmal Sie befragen, liebe Frau Gutermuth. Aber das machen wir vielleicht doch besser drinnen, wenn das möglich wäre.«

Es war möglich. Udo Reibedanz hatte nicht vergeblich so lange in seinem Auto gewartet, bis der Unterhaltungschef in sein Büro und Maren zu ihrem Jazztanz-Kurs gefahren war. Wenig später saß er am Küchentisch vor einer

Tasse Kaffee und konnte Waschodas Orakel, die Frau mit dem unfehlbaren Gefühl für Publikumsrenner, nach Herzenslust ausfragen.

»In unserer Umfrage geht es um die Vorlieben und Abneigungen des Fernsehpublikums.« Reibedanz holte ein Blatt Papier aus seiner Aktenmappe und tat so, als ob er die Punkte abläse. »Frage eins: Sind Sie der Meinung, daß im Fernsehen zu oft die gleichen Interpreten auftreten?«

»Viel zu oft!« sagte Frau Gutermuth. »Immer diese amerikanischen Popsänger. Die können ja noch nicht einmal singen.«

»Und Sie möchten lieber richtige Künstler hören?«

»Man hat doch auch seine Ansprüche, nicht? Der Mensch braucht auch mal Kultur.«

Reibedanz machte sich erfreut Notizen. »Könnten Sie mir ein paar Beispiele sagen?«

»Kultur halt. Sachen mit Niveau. Peter Alexander. Den bringen die viel zu wenig.«

»Peter Alexander, aha.«

»Oder Peter Kraus. Für den habe ich schon als kleines Mädchen geschwärmt. Soll ich Ihnen mal ›Tutti frutti‹ vorsingen?«

»Ich habe noch eine Menge Fragen«, sagte Reibedanz hastig. »Was halten Sie von einer Revue mit Texten von Kurt Tucholsky?«

»Revue ist immer gut. Ich mag das, wenn sie diese Treppen runterkommen. Vor allem der Harald Juhnke.«

»Eine Revue mit Tucholsky.«

»Den kenn ich nicht. Ist das einer von den Neuen aus der DDR?«

»Kurt Tucholsky hat gerade seinen hundertsten Geburtstag gefeiert!«

»Der heißt doch Luis Trenker. Und der ist...«

»Sie wissen nicht, wer Tucholsky ist?« Udo Reibedanz war fassungslos.

»Doch, doch, natürlich«, sagte Frau Gutermuth. »Der hat doch beim Thoelke dieses Lied gesungen. Fand ich aber nicht so gut.«

»Tucholsky ist doch kein Sänger!«

»Das habe ich auch am nächsten Morgen zu Herrn Waschoda gesagt. Wissen Sie, die Leute, für die ich hier arbeite, da ist der Mann Hauptabteilungsleiter bei der Unterhaltung.«

»Tatsächlich?«

»Ja! Und ich hab ihm gleich gesagt: ›Herr Waschoda‹, habe ich zu ihm gesagt, ›es geht mich ja nichts an, aber dieser Tucholsky ist doch kein Sänger. Den müssen Sie nicht mehr auftreten lassen.‹ Und er ist seither auch nie mehr im Fernsehen gewesen.«

»Wer?«

»Der Tucholsky. Noch nicht mal eine Krawatte hat er angehabt.«

»Tucholsky ist tot!« Reibedanz war selber überrascht, wie laut er das gesagt hatte.

»Tatsächlich?« sagte Frau Gutermuth ohne viel Interesse. »Das stand gar nicht im ›Telegramm‹. Wahrscheinlich hat der Mann nie einen richtigen Hit gehabt. Was ist denn mit Ihnen? Sie sind ja so bleich! Wollen Sie mit Ihrer Umfrage nicht weitermachen? Oder möchten Sie zuerst eine Likörpraline?«

27

Die neueste Meinungsumfrage lag an diesem Morgen an jedem Platz auf dem Kabinettstisch, aber Minister Keller hatte sie gar nicht lesen müssen, um zu wissen, was darin stand. Der mitleidige Unterton, mit dem ihn seine Kollegen begrüßt hatten, war völlig ausreichend gewesen. Sie hatten alle geklungen, als ob sie mit einem Schwerkranken sprächen, dessen baldiges Ableben zwar feststeht, dem man aber trotzdem versichert, spätestens bis zum gemeinsamen Ausflug am Vatertag sei er dann wieder auf den Beinen, das wäre ja gelacht, hahaha. Und der Finanzminister hatte ihm mit so triumphierender Freundlichkeit die Hand geschüttelt, daß für Keller sofort klar gewesen war, wer den letzten Platz auf der Beliebtheitsskala übernommen hatte. Aber noch viel niederschmetternder als die reinen Zahlen war dann ein kleines Detail der Umfrage gewesen: gebeten, drei Namen von Ministern aufzuzählen, die ihm auf Anhieb einfielen, hatte keiner, nicht ein einziger der Befragten den Namen Keller genannt. Selbst der Wissenschaftsminister hatte zwei Nennungen geschafft.

Jetzt saß Baby Keller in embryonaler Kauerstellung in seinem Ledersessel, hatte das zitternde Kinn hinter einer Gesetzesvorlage versteckt und hörte kein Wort von den Ausführungen des Kanzlers. In seinem Kopf drehten sich die immer gleichen Gedanken im Kreis: Ich muß ins Fernsehen, damit ich bekannt und beliebt werde. Ich komme aber nicht ins Fernsehen, weil ich nicht bekannt und beliebt bin. Also muß ich erst recht ins Fernsehen, damit ich …

Dann gab sich Minister Keller einen Ruck. Wer es mit

Fleiß und Gründlichkeit bis an den Kabinettstisch gebracht hatte, mußte es mit Gründlichkeit und Fleiß doch auch in eine Fernsehshow schaffen! Keller legte einen Stapel Karteikarten zurecht und begann sich Notizen zu machen.

»Anforderungen« schrieb er als Titel über die erste Karte und darunter: »1. Sympathisch. 2. Charmant. 3. Gutaussehend. 4. Schlagfertig. 5. Humorvoll. 6. Locker. 7. Spontan.« Nach kurzem Überlegen unterstrich er das letzte Wort zweimal.

Der neben ihm sitzende Staatssekretär, mit dem er sich alle Jubeljahre mal zu einem Skatabend traf, steckte ihm einen Zettel zu. Heimlich, wie ein Schuljunge, der vom Lehrer nicht ertappt werden will, faltete Keller die Botschaft auseinander. »Willst Du ein Bekanntschafts-Inserat aufgeben?« stand da. Der Staatssekretär wies auf die Karteikarte und kniff ein Auge zu.

Keller errötete, lächelte ein nicht sehr gelungenes Lächeln und deckte die Karte mit einer neuen ab. »Meine Talente« schrieb er als Titel und numerierte die Zeilen darunter von eins bis zehn.

Er dachte lange, gründlich und systematisch nach. Aber am Schluß der Kabinettssitzung waren die zehn Zeilen immer noch leer. Dafür stand in Minister Kellers Agenda ein neuer Eintrag: »Trainingsmöglichkeiten abklären. Mit Dr. D. besprechen.«

28

»Nicht jetzt«, sagte Irene Ems. »Ich habe Kopfschmerzen.«

»Ach, du arme kleine Maus«, antwortete Siegfried Esche mit automatischem Mitleid, konnte aber einen ungehaltenen Unterton nicht ganz unterdrücken. Wer sich als vielbeschäftigter Darsteller ein paar Nachmittagsstunden aus dem Drehplan schneidet, um sie der persönlichen Betreuung des weiblichen Nachwuchses zu widmen, ist verständlicherweise nicht erfreut, wenn dieser Nachwuchs dann migränehalber gar nicht betreut werden kann. »Hast du eine Tablette genommen?« fragte er.

»Zwei. Aber die helfen bei mir nicht. Meine Beschwerden sind mehr psychosomatisch. Der Arzt hat gesagt, es liegt daran, daß ich so sensibel bin.«

»Es ist der Geist, der sich den Körper baut.« Der Satz, für den Esche seine Drehbuchautoren immer bewundert hatte, war damals in Folge sechsundzwanzig bei der Behandlung eines Hypochonders sehr wirksam gewesen. »Du solltest dich entspannen. Komm, leg dich hier aufs Bett und schließ die Augen! – Und zieh doch diesen engen Pullover aus!« fügte er, gekonnt als spontanen Nachgedanken getarnt, hinzu.

Es war ganz still in der kleinen Wohnung an der Spiegelstraße. Siegfried Esche saß auf dem Bettrand und dachte über die Ereignisse der letzten Tage nach. Die hallelujasingenden Frauen waren bei den Dreharbeiten unterdessen schon zur vertrauten Kulisse geworden, und es hatten sich feste Spielregeln herausgebildet. Wenn der Aufnahmeleiter »Ruhe« brüllte, stellten sie ihre Hymnen folgsam ein, um erst wieder mit ihren Lobgesängen zu beginnen, wenn der Take abgedreht und die Szene im Kasten war. Wenn fremde – oder, wie die Frauen sagten: ungläubige – Zaungäste die Dreharbeiten mit ihrer Neugierde zu behindern drohten, fungierten Martha Fiedlers Getreue sogar als menschliche Barriere und versperrten den ungebetenen Besuchern mit knochigen Altweiber-Rücken den Zugang. Als Gegenleistung verlangten sie nicht mehr, als daß Siegfried Esche – oder, wie sie ihn hartnäckig immer nannten: Dr. Patrizius – ab und zu ein paar Worte zu ihnen sprach, Worte, die Martha Fiedler gewissenhaft in ein mit braunem Packpapier eingebundenes Schulheft notierte, um sie dann – zumindest behauptete das der Regieassistent – ihren Schwestern im Glauben in nächtlichen Zeremonien auszulegen.

Herzlinde Wiegandts Artikel im ›Telegramm‹ mit dem Titel »Die wundersamen Hände des Dr. Patrizius« hatte eine ganze Flut von Interviews und Berichten in den verschiedensten Zeitungen und Zeitschriften zur Folge gehabt. Der skeptische und teilweise höhnische Unterton der meisten Kommentare hatte nicht verhindern können, daß die letzte Folge von »Hausarzt Dr. Patrizius«, in der er einem krebskranken Jungen kurz vor der Amputation des linken Beines noch zum Sieg in einem Fahrrad-Rennen verhalf, die zweithöchste Einschaltquote der ganzen Reihe erreichte.

Wundersame Hände? Siegfried Esche hatte auf die Formulierung mit einem bescheidenen Lächeln und einer wegwerfenden Geste reagiert, aber es ließ sich nicht leugnen, daß er besonders feingliedrige Finger hatte, mit denen er ebensogut Pianist wie Schauspieler hätte werden können.

In einer überzeugenden Darstellung von Gedankenverlorenheit strich er mit der Hand über den Bettüberwurf und ließ sie dann weiter über Irenes nackten Arm gleiten.

»Ja, berühr mich!« sagte sie, ohne die Augen zu öffnen. »Laß mich deine Hände fühlen! – Nein, nicht da! Ich habe dir doch gesagt, ich habe Kopfschmerzen. Auf die Stirne sollst du mir die Hand legen.«

Esche tat ihr den Gefallen. Und obwohl es sich schon in vielen Folgen seiner Fernseh-Reihe genau so abgespielt hatte, war er doch überrascht, als die junge Schauspielerin wenig später die Augen öffnete, lachte und staunend sagte: »Meine Kopfschmerzen sind wie weggeblasen. Du mußt doch ein Wunderheiler sein. Komm!«

Ein paar Augenblicke blickte Siegfried Esche nachdenklich auf seine wundertätigen Hände. Dann benutzte er sie, um sich die Hose aufzuknöpfen.

29

Wenn das Abendessen mit Garhammer schon eine Katastrophe gewesen war, dann wurde der bunte Abend des Invaliden-Verbandes zum Super-GAU.

Herr Marhenke hatte zur Unterstützung seinen Privatsekretär Wiedner mitgenommen, aber das erwies sich bald als grundlegender Fehler, denn Wiedner hatte sich, wie so oft, viel zu gut auf den Abend vorbereitet.

»Paraplegiker«, flüsterte er Marhenke ins Ohr, während auf der kleinen Bühne ein junger Mann mit zu langen Haaren das Lied von der Antwort sang, die ganz allein der

Wind weiß. »Oft mit völliger Empfindungslosigkeit der unteren Gliedmaßen verbunden. Kann manchmal auch zum Verlust der bewußten Kontrolle über die Blasentätigkeit führen.«

»Ist ja gut«, sagte Herr Marhenke.

»Contergan«, kommentierte Wiedner sachkundig die ungewöhnliche Choreographie einer Tanzgruppe. »Auch als Thalidomid bekannt. Eigentlich ein Schlafmittel. Führte in den sechziger Jahren bei zahlreichen Neugeborenen zu körperlichen Mißbildungen. Der Prozeß wurde im September 1970 ohne Urteil eingestellt.«

»Das reicht«, sagte Herr Marhenke.

»Blindheit kann verschiedene Ursachen haben«, murmelte Wiedner, während auf der Bühne ein kleiner Chor Aufstellung nahm. »Neben der angebotenen Störung der Sehorgane unterscheidet man ...«

»Schnauze!« zischte Herr Marhenke und schwor sich, nie, nie mehr freiwillig einen bunten Abend zu besuchen. Damit wir uns recht verstehen: nicht die körperliche Behinderung der Mitwirkenden war es, die ihn zu diesem Vorsatz bewog, sondern einzig und allein die Tatsache, daß ihre Darbietungen alle völlig dilettantisch waren. Bei den Kaninchenzüchtern oder den Briefmarkensammlern hätte er genauso gelitten. Der Herausgeber des Guide Michelin testet auch keine Currywürste.

»Na, wie gefällt es Ihnen?« fragte Garhammer, als das Saallicht zur Pause wieder angegangen war.

»Gut, sehr gut«, log Herr Marhenke. »Wirklich sehr interessant.«

»Und Ihnen, Herr Wiedner?«

»Es ist alles sehr, sagen wir: originell.«

»Es ist alles grauenhaft.« Garhammer lachte so heftig, daß sein Rollstuhl bebte. »Aber es macht den Leuten Spaß, und das ist schließlich die Hauptsache.«

»Wann singt denn nun dieser Balz Klett?« fragte Marhenke ungeduldig und schob diskret die Manschette von der goldenen Uhr, die ihm eine dankbare Plattenfirma einmal geschenkt hatte. »Ich hätte noch ein paar Briefe zu schreiben.«

»Gleich nach der Pause. Ich bin sicher, wenn Sie ihn erst hören, werden Sie es nicht mehr bereuen, hierhergekommen zu sein.«

Aber da irrte Garhammer. Der Begrüßungsbeifall des Publikums, das Balz Klett ganz offensichtlich kannte und liebte, war noch kaum verklungen, als Marhenke schon wußte: dieser Abend war eine Pleite. Am liebsten hätte er den Saal gleich verlassen, aber dazu hätte er sich an seinen Sitznachbarn vorbeizwängen müssen, und er war sich nicht sicher, ob alle Leute in der Reihe, ums Aufstehen gebeten, diesen Wunsch auch hätten erfüllen können.

Jedes Lied, das Balz Klett mit seinem strahlenden Tenor sang, wurde von den Zuhörern bejubelt. Selbst Wiedner setzte einmal zum Applaudieren an, brach aber die Bewegung auf halbem Wege ab, als er die versteinerte Miene seines Chefs sah. Die beiden waren auch die einzigen, die beim abschließenden Medley von Melodien aus »West Side Story« nicht mitsummten.

»Na?« fragte Garhammer mit dem Stolz eines Zauberkünstlers, der eben ein Kaninchen aus dem Hut gezogen hat.

»Nett. Ausgesprochen nett.«

»Hat der Mann nicht eine tolle Stimme?«

»Hübsch. Tatsächlich, sehr hübsch.«

»Und diese Musikalität!«

»Wirklich sehr begabt.«

»Aber Sie haben trotzdem Zweifel?«

»Ich habe keine Zweifel.« So ähnlich sah es wohl aus, wenn der Papst einem übereifrigen jungen Prälaten einen väterlichen, aber strengen Tadel aussprechen mußte. »Ich bin mir völlig sicher, daß Herr Klett für unser Projekt nicht in Frage kommt.«

»Warum nicht?«

»Er hat keine Arme.«

»Das weiß ich«, sagte Garhammer. »Aber Sie suchen doch einen behinderten Sänger!«

»Vorausgesetzt er ist nicht in einem Punkt behindert, der ihn als populären Interpreten unmöglich macht.«

Marhenke hob die Hand zum Gruß – es sah fast aus wie ein Segen – und ging zum Ausgang. Nur Wiedner blieb vor Garhammers Rollstuhl noch einmal stehen und sagte mit vorwurfsvollem Kopfschütteln: »Überlegen Sie doch! Wie soll er denn Autogramme geben?«

30

Das Beantworten von Autogrammwünschen gehörte auch zu den Obliegenheiten des Redakteurs Schmidt-Schmitt. Im übrigen war er seit längerer Zeit arbeitslos, eine Tatsache, die das Beschäftigungsverhältnis mit seinem Sender nie im geringsten gestört hatte und bei der er sich ausgesprochen wohl fühlte. Wer keine Sendungen produziert, so lautete sein Credo, kann auch keinen Flop landen, und solange sein Doppelname jeden Monat pünktlich auf der Lohnliste erschien, verzichtete er gerne auf das Vergnügen, ihn in irgendwelchen Schlußtiteln zu lesen.

Die Kunst, seine Untätigkeit hinter einem Rauchschleier von unentwegter Aktivität zu verbergen, hatte Schmidt-Schmitt zu absoluter Meisterschaft entwickelt. Er war Mitglied von zahlreichen hausinternen Kommissionen, die zwar alle keine Ergebnisse, aber dafür erhebliche Mengen von Spesen produzierten, sein Schreibtisch war mit einem Wall von Drehbüchern, Exposés und Konzepten gegen jede zusätzliche Aufgabe verbarrikadiert, und seine spärliche Anwesenheit im Büro war so geschickt auf Abende und Sonntage verteilt, daß er immer schon am Dienstag mit dem Abfeiern von Überstunden für den Rest der Woche beginnen konnte.

Aber seine erfolgreichste Defensivtaktik in der permanenten Abwehrschlacht gegen jede Art von Arbeit bestand in der Tatsache, daß er, und nur er, der Redakteur des Vertrauens von Thilo Schmedes war.

Rößler und Beinhacker hatten sich schon oft gefragt, warum Schmedes ausgerechnet an Schmidt-Schmitt, diesem faulen Hund, den Narren gefressen hatte. Jeder wußte doch, daß sein ganzer Beitrag zu Schmedes' großen Samstagabend-Shows in bewundernden Blicken sowie im Rekognoszieren der besten Kneipen am Produktionsort bestand.

In ihrem Ärger, in den sich eine gehörige Portion Neid mischte, kapierten seine Kollegen nie, daß es gerade seine Arbeitsscheu war, die Schmidt-Schmitt bei Thilo Schmedes empfohlen hatte. Der Star-Präsentator des Senders zog es nämlich vor, bei seinen Shows vom Konzept über die Besetzung bis zum Drehbuch alle Fäden selber in der Hand zu behalten, und dabei hätte ihn ein Redakteur mit eigenen Ideen nur gestört; eine Gefahr, vor der er bei Schmidt-Schmitt völlig sicher war.

Für den waren die letzten Monate geradezu paradiesisch gewesen. Thilo Schmedes hatte sich zu einer längeren Kreativpause in die USA zurückgezogen, und so hatte der Redakteur seines Vertrauens nichts zu tun, als ab und zu ein paar Zuschauerbriefe zu beantworten. Er tat das gerne und gründlich, denn erstens gingen dabei die Stunden, die man nun mal im Büro absitzen mußte, ohne größere Anstrengung vorbei, und zweitens hatte sich eine der Kommissionen, in die er sich so gerne delegieren ließ, mit dem Thema »Kontaktpflege zum Zuschauer« befaßt und im Schlußpapier den Leitsatz erarbeitet: »Unsere Arbeit muß für den Gebührenzahler jederzeit transparent bleiben.«

Im Interesse dieser Transparenz soll ein Brief hier sogar in doppelter Ausfertigung wiedergegeben werden. Er ging an eine Gebührenzahlerin, mit deren besonderen Problemen schon der Kollege Rößler konfrontiert gewesen war.

Schmidt-Schmitt schrieb:	Und das dachte er dabei:
Liebe Frau M,	Dumme Zicke,
Zunächst einmal herzlichen Dank für Ihre so positive Stellungnahme, die ich bei nächster Gelegenheit an	Daß diese Leute wirklich meinen, mit solch heuchlerischem Gesülze würden sie was erreichen! Ich werde

Thilo Schmedes persönlich weiterleiten werde.

So sehr ich nach dem knapp entgangenen Gewinn bei »Ferngesehen, gern gesehen« Verständnis für Ihren Wunsch nach einer zweiten Chance vor der Kamera habe, sehe ich leider keine Möglichkeit, Ihnen bei Ihrem Anliegen behilflich zu sein.

Wie Sie vielleicht den Zeitungen entnommen haben, arbeitet Thilo Schmedes zur Zeit an der Entwicklung einer neuen Show. Noch steht nicht fest, ob und in welcher Form darin Kandidaten aus dem Kreise der Zuschauer mitwirken können. Sie werden deshalb sicher dafür Verständnis haben, daß es uns nicht möglich ist, Ihnen, wie Sie das in Ihrem Brief wünschen, »einen Auftritt bei Thilo Schmedes als kleine Wiedergutmachung« zuzusagen.

Ich hoffe, Sie nehmen uns den Teufel tun, Schmedes damit zu belästigen.

Wenn Sie in einer Sendung aus eigener Blödheit abstinken, können Sie doch nicht erwarten, daß wir Ihr Versagen noch mit einem zweiten Auftritt belohnen. Außerdem wird bei uns alles, was nach Querulant aussieht, automatisch ausgeschieden.

Schmedes sitzt in einem amerikanischen Hotelzimmer vor dem Fernseher, sieht sich alle Shows an und sucht verzweifelt nach einem Einfall, den er klauen könnte. Noch hat er keinen gefunden. Aber was immer er auch anschleppen und uns als große Erfindung verhökern wird, ganz bestimmt wird darin kein Platz für Secondhand-Kandidaten sein. Wir nehmen ja noch nicht mal Sänger, die ihr Lied schon in einer anderen Sendung gesungen haben.

Sie glauben ja gar nicht,

diesen negativen Bescheid nicht übel und bleiben uns und unseren Sendungen auch weiterhin treu.

Mit freundlichen Grüßen
Georg Schmidt-Schmitt

wie egal mir das ist, ob ausgerechnet Sie sich den Scheiß auch ansehen. Blöde gibt es immer genug.

Wieder ein Brief erledigt.
Feierabend!

31

»Siehihihi«, sagte Waschoda.

Maren hob fragend den Kopf vom Kissen.

»Siehihihihi!«

Die Sprache, es muß hier noch einmal gesagt werden, läßt uns immer wieder dort im Stich, wo es wirklich Menschliches auszudrücken gilt. Ein Ausrufezeichen steht für Intensität, ein Fragezeichen symbolisiert das Streben nach Erkenntnis. Aber welches Zeichen macht dem Leser deutlich, daß ein Satz unter Lachkrämpfen gesprochen wird?

»Siehihihi«, sagte Waschoda noch einmal und ließ sich hilflos auf das Bett fallen.

»Ich habe schon geschlafen! Was ist denn los?«

Waschoda nahm die Halbbrille ab und wischte sich die Tränen aus den Augen. »Es ist wegen Frau Gutermuhuhuhu!«

»Frau Gutermuth Was ist mit ihr?«

»Sie ist verlihihihi!«

»Sie ist was?«

»Verlihihihi!« wiederholte Waschoda und prustete schon wieder los. »In der Küche sitzt Frau Gutermuth und hat einen Liehihihi!«

»Frau Gutermuth ist schon vor Stunden nach Hause gegangen.«

»Eben nicht! Sie sitzt in unserer Küche und heult.«

»Ist jemand gestorben?«

»Ich bin beinahe gestorben! Vor Lachen! Aber Frau Gutermuth weint vor Glück. Es hat ihr jemand einen Liebesbrief geschrieben.«

Maren Waschoda setzte sich mit einer ruckartigen Bewegung auf, zu der sie ihre Jazztanz-Lehrerin beglückwünscht hätte. »Einen Liebesbrief?« fragte sie. »Unserer Frau Gutermuth? Willst du mich veralbern?«

»Vielleicht will jemand sie veralbern. Niemand kann sich im Ernst in diese Tonne verlieben. Aber der Brief existiert. Sie hat ihn mir gezeigt. Der Mann schreibt, Frau Gutermuth wäre eine Göhöhöhö.«

»Eine was?«

»Eine Göttin! Frau Gutermuhuhuhu!« Waschoda riß sich die Krawatte vom Hals, sonst wäre er vor Lachen erstickt. Es dauerte ein ganzes Weilchen, bis er die Geschichte von Anfang an erzählen konnte.

Seit der Aussprache mit Maren mußte Waschoda die Likörpralinen für seine Haushälterin nicht mehr heimlich ins Haus schmuggeln. Er besorgte sie zwar, nicht wissend, daß sein Geheimnis schon lange zu Udo Reibedanz gedrungen war, immer noch mit größter Diskretion, aber dann stellte er die Süßigkeiten einfach auf den Küchentisch, wo sie Frau Gutermuth am nächsten Morgen an sich nahm, wenn sie das Frühstück machte. An diesem Tag hatte er, beflügelt von der hohen Einschaltquote einer Sendung mit Schlagern der fünfziger Jahre, eine Kilopackung gekauft und sie am gewohnten Ort deponieren wollen. Zu seiner Verwunderung hatte er Frau Gutermuth am Küchentisch sitzend vorgefunden.

»Zuerst habe ich ja gedacht, sie hat einen Schwips«, erzählte Waschoda. »Sie versteckt doch immer ihren geheimen Eierlikör in unserem Eisschrank. Sie hat die Flasche mit ›Salatsauce‹ angeschrieben, um sie zu tarnen.«

»Ich weiß. Aber sie trinkt nie mehr davon als ein Gläschen.«

»Sie war ja auch stocknüchtern. Nur völlig durchgedreht. ›Finden Sie, daß ich eine schöne Frau bin?‹ hat sie mich gefragt. Frau Gutermuth und eine schöne Frauhauhauhau!«

»Hör auf zu lachen! Was hast du geantwortet?«

»Ich wollte mir eine höfliche Lüge ausdenken, aber ich kam gar nicht dazu. Sie hat gleich angefangen, mir aus dem Brief vorzulesen. Der Mann muß eine totale Macke haben! Er faselt da etwas von der ›Schönheit einer edlen Seele‹.«

»Frau Gutermuhuhuhu?« Jetzt hatte es Maren erwischt.

»Er vergleicht sie mit einer Rose, die auf seinem Lebensweg erblüht sei.«

»Schon eher eine Butterblume! Dick und gewöhnlich!«

»Er nennt sie ›Königin meiner Seele‹ und ›Trost meiner schlaflosen Nächte‹. Sie könne ihn zum glücklichsten Menschen der Welt machen, wenn sie seine Einladung annähme.«

»Wohin hat er sie denn eingeladen?«

»Zum Essen.«

»Da liegt er bei Frau Gutermuth ja nicht falsch. Sie hat

in ihrem Leben noch nie etwas abgelehnt, was Kalorien enthält. Wer ist denn dieser Verrückte?«

»Er hat nicht mit seinem Namen unterschrieben, nur mit ›Ihr Bewunderer‹. Aber Frau Gutermuth kennt ihn. Der Mann arbeitet bei einem Meinungsforschungsinstitut. Er war vor ein paar Tagen hier, wegen irgendeiner Umfrage.«

»Und da hat er Frau Gutermuth gesehen und sich auf der Stelle in sie verliebt?«

»Es ist zwar kaum zu glauben, aber genau so scheint es gewesen zu sein.«

Maren Waschoda begann am ganzen Leibe zu beben und krallte sich an ihrem Kissen fest.

»Was hast du denn?« fragte ihr Mann besorgt.

»Ich habe mir nur gerade vorgestellt... Ich habe mir vorgestellt... Frau Gutermuth in einem Hochzeitskleiheiheihei!«

»In einem schneeweißen Hochzeitskleiheiheihei!« wiederholte ihr Mann, und der Rest des Gespräches wurde so albern, daß er hier wirklich nicht wiedergegeben werden muß.

32

Dr. Dünsheimer verwendete für interne Mitteilungen gerne kleine, handgeschriebene Zettel, die Minister Keller immer an Arztrezepte erinnert hatten. Und das waren sie im Grunde ja auch. Wahre Wunderheilungen hatten sie schon bewirkt, wie einmal, als es darum ging, einer moribunden Kabinettsvorlage Kellers neues, mehrheitsfähiges Leben einzuhauchen, »Statt von ›Tariferhöhung‹ immer nur von ›Optimierung der Kostenstruktur‹ sprechen!« hatte Dr. Dünsheimer damals auf den Zettel geschrieben, und die Vorlage hatte das Kabinett einstimmig passiert.

Wie es sich für einen guten Arzt gehört, waren seine Anweisungen für den Patienten nicht immer einsichtig und gerade darum um so überzeugender. So hatte Minister Keller die kryptische Order »Keine quergestreiften Krawatten tragen!« brav befolgt, ohne jemals eine gedankliche Verbindung zu seinem immer ausgeprägteren Doppelkinn herzustellen. Und auch Dr. Dünsheimers lakonische Anweisung »Dragotan Kaminski erwartet sie um 11.00 Uhr!« hatte er ohne Widerspruch akzeptiert.

Dragotan Kaminski war ein Selbstdarsteller. Niemand in der Medienwelt, der ihn kannte – und es kannte ihn jeder –, hätte auf Anhieb zu sagen gewußt, was Kaminski denn so Bedeutendes geleistet habe, aber die Tatsache seiner Bedeutsamkeit wurde von niemandem angezweifelt. An Branchenpartys war er so unersetzlich wie der Kaviarersatz auf den Appetithäppchen, und es gab kein Fernseh-Quiz, in dessen Prominenten-Panel er nicht schon mit seinen Bonmots brilliert hätte. Er wurde dort immer als Deutschlands Medienexperte Nummer eins vorgestellt, eine ziemlich übersteigerte Umschreibung der Tatsache, daß sein Beruf darin bestand, Politikern und Wirtschaftsbossen das richtige Verhalten vor Fernseh-Kameras beizubringen.

Er behandelte Minister Keller – wie übrigens auch alle seine anderen Kunden – mit jener Arroganz, die den Mächtigen dieser Welt die wohlige Gewißheit vermittelt, daß sie sich für ihr gutes Geld eine echte Kapazität eingekauft haben.

»Ihr Anzug ist unmöglich!« sagte er gleich zur Begrüßung.

»Für das Fernsehen würde ich natürlich ...«

»Dunkelgrau muß er sein! Sehr dunkel, aber nicht ganz schwarz. Schwarz ist Bauernhochzeit. Mit einem dezenten Nadelstreifen, den man mehr spürt als sieht.«

»Ist das nicht etwas düster?«

»Eine gewisse Feierlichkeit gehört zu so einem Auftritt. Und die Krawatte ...«

»Nicht quergestreift, ich weiß«, sagte Keller eifrig.

»Ich plädiere für ein dunkles, parteiunabhängiges Rot. Ein Farbfleck als Symbol dafür, daß auch in einem solch schweren Moment nicht alle Hoffnung geschwunden ist.«

»Meinen Sie, daß es ein so schwerer Moment wird?«

»Das ist der Eindruck, den wir dem Betrachter vermitteln müssen. Drehen Sie Ihren Stuhl nach links und schauen Sie in die Kamera!«

Minister Keller drehte und schaute.

»Bedenken Sie, daß Ihnen in diesem Augenblick Millionen von Menschen zusehen«, sagte Kaminski.

»Meinen Sie wirklich ...«

»Nicht sprechen! Nur in die Kamera schauen! Und versuchen Sie, ganz sich selber zu sein!«

Minister Keller schaute und versuchte. Das einzige Geräusch im Raum war das Ticken der Jugendstiluhr auf Kaminskis Pult. Es schien immer lauter zu werden. Keller starrte in die Kamera wie das sprichwörtliche Kaninchen in die Augen der Schlange. Am Rande seines Blickfeldes nahm er eine Bewegung wahr, der einen Moment später eine leichte Brise von After Shave folgte. Kaminski machte sich Notizen. Was notierte er sich wohl? Ob man ihm erklären müßte, daß es Keller ja gerade darum ging, nicht er selber zu sein, sondern daß er im Gegenteil auf der Suche nach einem witzigeren, spritzigeren anderen Ich war? Keller versuchte zu lächeln, was sofort mit dem Kratzen eines Füllfederhalters auf Papier quittiert wurde. Sein Nacken verspannte sich, und ein Hustenreiz kroch seinen Hals hoch. Er verspürte die doppelte Nacktheit einer Röntgenaufnahme und hätte sich nicht gewundert, wenn ihn Kaminski aufgefordert hätte, tief einzuatmen oder die Zunge herauszustrecken. Dann war es endlich vorbei.

»Okay«, sagte Kaminski, »dann drehen Sie sich jetzt bitte nach rechts und schauen Sie auf den Monitor!« Er drückte die Play-Taste.

Aus dem Bildschirm starrte Keller ein Gesicht an, das mit dem vertrauten Spiegelbild beim Rasieren kaum etwas gemein hatte. Es war das Gesicht eines Menschen mit vor Angst geweiteten Augen, die nach links und rechts zuckten, als ob sie eine Ohrfeige erwarteten. Dann grinste der Mann, wie nur ein Verbrecher grinsen kann, der seinen Richter durch Unterwürfigkeit zu einer möglichst milden Strafe bewegen will.

»Was sagen Sie dazu?« fragte Kaminski.

»Scheußlich!«

Kaminski widersprach nicht. »Und was war das für eine Grimasse?«

»Was für eine Grimasse?«

Kaminski spulte das Band zurück, und der Sträfling im Monitor griente seinen Richter noch mal an.

»Ich habe gedacht, ich sollte mal lächeln.«

»Warum?«

»Weil ... Ich hab mir halt gedacht: Es macht sympathisch.«

»Ich glaube«, sagte Kaminski mit einem kleinen Stöhnen demonstrativer Geduld, »ich glaube, wir müssen ganz von vorne anfangen. Schauen Sie mich an! Stellen Sie sich vor, ich wäre die Kamera, und lieben Sie mich!«

»Wie bitte?«

»Das Fernsehen liebt nur den, der die Kamera liebt. Sie müssen eine erotische Beziehung zum Objektiv aufbauen! Stellen Sie sich vor, ich bin die Kamera, und Sie wollen mich verführen!«

»Das kann ich nicht!«

»Na ja, vielleicht ist es dafür noch etwas zu früh. Versuchen Sie mal, in Ihrem Gesicht das auszudrücken, was Ihr Auftritt im Fernsehen den Leuten vermitteln soll!«

Keller tat sein Möglichstes. Der einzige Effekt war, daß sich Kaminski mit dem Taschentuch einen Schweißtropfen von der Stirne tupfte. Keller rief sich die Stichworte auf seiner Karteikarte, von »sympathisch« über »schlagfertig« bis »spontan« in Erinnerung und versuchte so auszusehen. Kaminski schneuzte sich. In einem letzten, verzweifelten Versuch setzte Keller sein bestes Sonntagslächeln auf.

»Um Himmels willen! Sie grimassieren ja schon wieder!«

»Ich wollte ein bißchen fröhlich aussehen.«

»Das ist das Falscheste, das Sie tun können! Seriös müssen Sie aussehen! Mitgefühl müssen Sie ausstrahlen! Betroffenheit! Tragik!«

»Aber ...«

»Unterbrechen Sie mich nicht! Die Leute müssen denken: Dieser Mann ist im Innersten aufgewühlt, aber er trägt es mit Haltung.«

»Herr Kaminski ...«

»Sie müssen wirken wie ein Mensch und doch wie ein Politiker!«

»Aber ich ...«

»Ruhe!« schrie Kaminski. Minister Kellers Kinn begann unkontrollierbar zu zittern. »Jawohl«, brüllte Kaminski, »das ist es! Sie haben es! Jeder denkt, Sie fangen gleich an zu weinen! Fantastisch!«

»Für eine Unterhaltungssendung?«

»Natürlich nicht! Aber für eine Beerdigung.«

»Was für eine Beerdigung?«

»Sie müssen doch diesen Nachruf sprechen.«

»Das muß eine Verwechslung sein. Ich soll doch in einer Unterhaltungssendung auftreten. Dr. Dünsheimer meint ...«

»Dr. Dünsheimer? Moment!« Dragotan Kaminski blätterte in seinem Terminkalender. Er sah aus wie ein vielbeschäftigter Chefarzt, der eben festgestellt hat, daß er einem Plattfußpatienten die Mandeln entfernt hat. »Tut mir leid«, sagte er, »eine kleine Konfusion. Der Mann mit der Beerdigung kommt erst nach Ihnen. So was passiert schon mal, wenn der Tagesplan ständig im letzten Moment umgeschmissen wird. Ich mußte heute früh schon Klaus Hagerer einschieben. Der hat eine Autogrammstunde und will dort intellektuell wirken.«

33

Klaus Hagerer hatte ein Buch geschrieben.

Damit wir uns recht verstehen: Klaus Hagerer hatte natürlich kein Buch geschrieben. Wenn es auch übertrieben wäre zu sagen, Klaus Hagerer sei Analphabet, so wäre eine solche Übertreibung doch nur gradueller, nicht prinzipieller Natur. Oder wie Balthasar Pfau es einmal formuliert hatte: »Die Wahrscheinlichkeit, daß zehn Millionen Affen, die zehn Millionen Jahre lang auf zehn Millionen Schreibmaschinen herumhacken, eines Tages durch puren Zufall Shakespeares sämtliche Werke produzieren, ist bedeutend größer als die Chance, daß Klaus Hagerer mehr als seinen Namen fehlerlos schreiben kann.«

Balthasar Pfau konnte sich solche Sprüche erlauben, denn schließlich war er es, der Klaus Hagerers Erinnerungen an fünfundzwanzig Jahre Fernsehen als Ghostwriter verfaßt hatte, wozu er gern die Erklärung abgab, »Geistschreiber« sei genau die richtige Bezeichnung für einen Menschen, der für andere schreiben müsse, weil die eben selber keinen Geist hätten.

Auf jeden Fall hatte Pfau damit recht, daß Klaus Hagerer seinen Namen fehlerlos schreiben konnte. Er bewies das schon seit fast zwei Stunden, denn sein Tisch in der Buchabteilung des Warenhauses war ständig von Fans umlagert, die sich sein – oder Pfaus – Opus nur mit einem persönlichen Autogramm versehen in die Wohnwand stellen wollten.

»Ich heiße Eurydike«, sagte die Frau, die ihm gerade ihr Exemplar zum Signieren hingelegt hatte.

»Tatsächlich?«

»Meine Eltern schwärmten schon immer für das klassische Griechenland.«

»Das ist unwahrscheinlich interessant.« Diesen Standardsatz wandte Hagerer auch in seinen Sendungen immer dann an, wenn er bei etwas nicht ganz mitkam.

»Wenn Sie vielleicht hineinschreiben würden ›Für Eurydike‹. Das wär besonders schön.«

»Aber gerne. Aber selbstverständlich.« Wie schrieb man Eurydike? Warum konnten Eltern ihre Töchter nicht Anna oder Frieda taufen? Hagerer verfluchte alle exotischen Namensgebungs-Extravaganzen und rettete sich in eine Schmeichelei. »Ich weiß etwas viel Besseres.« Er setzte seinen Füller an und schrieb auf das Vorsatzblatt: »Für eine besonders charmante Frau – zur Erinnerung an einen gemeinsamen Augenblick.« Während er schwungvoll seinen Namen darunter setzte, erinnerte er sich dankbar an jene Jugendfreundin, die ihn nach einem Liebesbrief nicht nur erhört, sondern ihm auch klargemacht hatte, daß man »charmant« ohne s schreibt.

Eurydike wurde recht unsanft von einem bärtigen Mann zur Seite gestoßen, der gleich ein halbes Dutzend Bücher gekauft hatte, die er alle signiert haben wollte.

»Wenn wir uns schon so ganz zufällig treffen«, sagte der Mann, »dann würde ich gerne die Gelegenheit benützen, mich gleich bei Ihnen als Kandidat anzumelden. Jedesmal, wenn ›Ferngesehen, gern gesehen‹ läuft, kann ich alle Fragen beantworten, und meine Kollegen drängen mich immer wieder, ich solle mich endlich mal bewerben. Ich persönlich bin zwar nicht der Typ, der unbedingt ins Rampenlicht will, aber alle sagen mir, daß es einfach meine Pflicht ist. Ich meine, so viele Leute gibt es ja nicht, die sich dermaßen gut auskennen. Es liegt wahrscheinlich auch daran, daß meine Frau früh gestorben ist, und wenn man viel allein zu Hause ist, dreht man eben den Fernseher an.«

Hagerer klappte das sechste Buch unterschrieben zu. »Tut mir leid«, sagte er, »mit der Auswahl der Kandidaten habe ich überhaupt nichts zu tun.«

»Wofür habe ich mir dann die ganzen Bücher gekauft?« grummelte der bärtige Mann. »Na ja, man kann sie wohl verschenken.«

»Sind Sie die Nächste?«

Die Nächste war eine nicht mehr ganz junge Frau mit kurzgeschnittenen, stachligen Haaren, die ein bißchen an einen Igel erinnerten. Sie hatte kein Buch in der Hand, sondern legte eine kleine, mit dunkelblauem Samt bezogene Schatulle vor Hagerer hin. »Das habe ich Ihnen mitgebracht.«

»Ein Geschenk? Für mich?«

»Eine Überraschung.«

»Das ist unwahrscheinlich interessant«, sagte Hagerer. »Darf ich sie öffnen?« Er klappte den Deckel der Schachtel auf. Ein lauter Knall ertönte, und der ganze Autogramm-Tisch verschwand in einer schwarzen Rauchwolke.

Zum Lobe des Warenhauses muß gesagt werden, daß die Sprinkler-Anlage einwandfrei funktionierte. Allerdings wirkte der plötzlich auf dem ganzen Stockwerk einsetzende Regen nicht gerade mildernd auf die allgemeine Panik, und die aufheulende Alarmsirene überzeugte auch den letzten Kunden davon, daß ihn nur sofortige Flucht davor bewahren könne, als Opfer eines Attentates in die Annalen des internationalen Terrorismus einzugehen.

Die Inventur ergab einige auf der Flucht erlittene kleinere Verletzungen, mehrere hundert durch Rauch- und Wassereinwirkung beschädigte Bücher und eine im allgemeinen Durcheinander geplünderte Ladenkasse. Hagerer selbst kam mit dem Schrecken, einigen versengten Haaren und einem schwarzen Gesicht davon.

Die Kriminalpolizei eruierte, daß die Bombe mit relativ harmlosem Schwarzpulver geladen und technisch so simpel konstruiert gewesen war, daß sie, wie es in dem Bericht hieß, »auch von einem technischen Laien in jeder Küche hätte hergestellt sein können«. Von der Frau mit den stachligen Haaren fehlte jede Spur, und es wurde auch kein Bekennerbrief gefunden.

Der einzige Hinweis auf den Täter war ein großes W auf dem zerfetzten Boden der Bombenschatulle. Aber vielleicht war es auch ein M.

34

Selbst das Attentat auf Klaus Hagerer konnte Thilo Schmedes' Rückkehr aus Amerika nicht von den Titelseiten der Gazetten verdrängen. Sie erregte erheblich mehr Aufsehen als seinerzeit die von Christoph Columbus, und das war auch richtig so. Columbus hatte nur eine neue Welt entdeckt, während Thilo Schmedes etwas viel Bedeutenderes in seinem Gepäck hatte: eine neue Samstagabend-Show.

Das Echo in der Presse war denn auch der Größe des Ereignisses angemessen. Am universalsten – und mit den dicksten Lettern – drückte Herzlinde Wiegandt im ›Telegramm‹ aus, was die Fernsehnation bewegte: »HURRA! UNSER THILO IST WIEDER DA!«

›Frau mit Herz‹ brachte einen zweiseitigen Bildbericht unter dem Titel: »Thilo Schmedes: Das fehlte mir in Amerika am meisten!« Er enthielt Fotos von deutschen Wäldern, deutschen Seen, deutschen Schlössern und deutschen Hunden, und hatte den großen Vorteil, daß er aus Archivbeständen produziert werden konnte, ohne die knappe Zeit des vielgefragten Medienstars auch nur eine Minute in Anspruch zu nehmen.

›Das Fleischergewerbe‹, die Hauspostille des gleichnamigen Verbandes, schlug einen ähnlichen journalistischen Weg ein, konzentrierte sich aber, eingedenk der besonderen Interessen seiner Leserschaft, nicht auf das Herz, sondern mehr auf den Magen. Ein ganzseitiges Bild zeigte Thilo Schmedes in seiner Stammkneipe, wo er gerade unter dem zustimmenden Lächeln der anderen Gäste eine Portion Sauerbraten genoß. Die Bildlegende dazu, nicht sehr einfallsreich, aber exakt, lautete: »Nach seiner Rückkehr aus Amerika genießt Thilo Schmedes in seiner Stammkneipe eine Portion Sauerbraten.«

Ein Leitartikel in ›Glasklar‹, dem offiziellen Organ der Interessenvereinigung deutscher Augenoptiker, äußerte sich sehr kritisch über die Tatsache, daß Thilo Schmedes sich ausgerechnet in Amerika eine neue Brille gekauft hatte, und bot an, ihm für jede Folge seiner zukünftigen Show eine modische Brille deutscher Fabrikation kostenlos zur Verfügung zu stellen.

Dieser Sachwert war in dem Hintergrundsbericht noch nicht berücksichtigt, den ›Money‹, das Leib- und Magenblatt aller aufstrebenden Jungmanager, unter dem Titel:

»Thilo Schmedes – was er wirklich verdient« veröffentlichte. Aber auch so addierten sich die darin genannten Zahlen zu einer stattlichen Summe, die fast die Hälfte dessen umfaßte, was Thilo Schmedes wirklich verdiente.

Eine Fernsehzeitschrift versteigerte den Cowboyhut, den Schmedes bei einem Besuch in Dallas von J. R. Ewing persönlich geschenkt bekommen hatte, für einen guten Zweck, eine Illustrierte suchte Thilo-Schmedes-Doppelgänger, ein Sportblatt kündigte seine Teilnahme an einem Prominententurnier an und kam sogar noch zu einer zweiten Schlagzeile, als es die Ankündigung in der nächsten Ausgabe widerrufen mußte.

Neben jedem Artikel prangte ein Foto mit Schmedes' kantigen Zügen. Wenn er auch in den Fernsehern der Nation vorübergehend fehlte, sein vertrautes Gesicht mit dem kleinen Muttermal am Kinn und den Lachfältchen um die Augen war allgegenwärtig.

Nur ein für die intellektuelle Minderheit gedachtes Wochenblatt verzichtete auf ein Foto und stellte in einer mit »Schmedomanie« überschriebenen Glosse sogar die Frage, »ob denn dieser garantiert keimfreie Vater-Ersatz, dieses nationale Über-Ich im Bildschirmformat, dieser menschgewordene Knigge-Extrakt tatsächlich so wichtig ist, daß unsere Journaille mit heraushängender Zunge jeder seiner Äußerungen hinterherjapsen und jede seiner leeren Worthülsen hechelnd apportieren muß?« Aber wer genügend fernsieht, kann auf intellektuelle Wochenzeitungen allemal verzichten, und der Verfasser der Glosse hatte über all seinem rhetorischen Feuerwerk völlig vergessen, daß eine und nur eine Frage die Öffentlichkeit interessierte: Wie würde Thilo Schmedes' neue Show aussehen?

Aber genau darüber schwieg er sich aus. Er war zwar bereit, in zahllosen Interviews zum amerikanischen Showbusiness, zum amerikanischen Way of Life und zum amerikanischen Handelsbilanzdefizit Stellung zu nehmen, aber über seine neue Show war ihm kein Wort zu entlocken. Alle diesbezüglichen Fragen quittierte er nur mit einem vielsagenden Lächeln.

Natürlich heizte das die Spekulation immer noch mehr an, die Gerüchtemühle lief heiß, und nur Balthasar Pfau sagte in der Fernsehkantine zu einem Kollegen: »Weißt du, warum der Schmedes nichts verrät? Weil er selber noch keine Ahnung hat!« Aber Balthasar Pfau, Klaus Hagerer konnte es bestätigen, war ein unverbesserlicher Zyniker, dessen scharfe Zunge auch vor den Heroen der Öffentlichkeit nicht haltmachte.

35

Es gibt vielerlei Heroen, und nicht allen flicht die Mitwelt Kränze. Dabei sind es oft die unbesungenen Helden, denen unsere Bewunderung am allermeisten gebührt. Einer von ihnen war Udo Reibedanz.

Wir können sein Heldentum nur richtig würdigen, wenn wir bei allem, was von ihm zu berichten sein wird, immer bedenken: er war ein überzeugter Junggeselle. Sein privates Paradies zeichnete sich durch vollgestopfte Bücherregale und eine umfassende Plattensammlung mit Werken atonaler Musik aus, sowie durch die vollständige Abwesenheit von Engeln jeder Art. Nicht etwa, daß ihn Frauen überhaupt nicht interessiert hätten. In der Psychologie von Madame Bovary kannte er sich bestens aus, und über das Weltbild von Anna Karenina hatte er sogar einmal eine Monographie verfaßt. Nur wirkliche Frauen, solche, die ihm das Lesen beim Essen verbieten oder andere unvernünftige Forderungen hätten aufstellen können, hatte er sich immer vom Leibe gehalten.

Aber die Kunst verlangt Opfer, und der Kreuzzug für die Verbreitung kultureller Werte wird nicht von Feiglingen gewonnen. Und so hatte sich Udo Reibedanz frisch rasiert, hatte seinen besten Anzug aus dem Schrank geholt und seine konservativste Krawatte umgebunden, hatte einen Blumenstrauß aus lauter scheußlichen rosaroten Nelken besorgt und war pünktlich im Restaurant »Alte Post« eingetroffen.

Udo Reibedanz, der Feinsinnigste unter den Feinsinnigen, hatte den wagemutigen Beschluß gefaßt, Frau Gutermuth den Hof zu machen, einer Frau, die den Intelligenzquotienten und den ästhetischen Reiz einer Pellkartoffel hatte. Aber sie hatte auch das Ohr von Unterhaltungschef Waschoda, und nur darauf kam es Reibedanz an.

Er wollte seinen persönlichen Charme, von dessen Wirksamkeit er wie alle Männer, die dazu keinen besonderen Grund haben, insgeheim überzeugt war, so lange spielen lassen, bis die Haushälterin Wachs in seinen Händen geworden war. Wie Pygmalion wollte er aus untauglichem Material einen neuen, besseren Menschen formen; aus der unbedarften ›Telegramm‹Leserin eine Muse machen, deren Einflüsterungen folgend Waschoda so lange Schlagerparaden durch Experimentalkonzerte und Bauernschwänke durch sozialkritische Dramen ersetzen würde, bis die Verblödung des wehrlosen Fernsehkonsumenten endlich ein Ende hätte. Für dieses hohe Ziel war Reibedanz bereit, Frau Gutermuth nicht nur die Hand, sondern, wenn es ein grausames Schicksal denn von ihm verlangen sollte, auch noch ganz andere Körperteile zu küssen.

Zum Glück verspätete sie sich. So blieb Reibedanz genügend Zeit, sich mit zwei Brandies für den bevorstehenden Flirt mit dem Drachen zu stärken. Er wollte gerade den dritten bestellen, als die zukünftige Muse der deutschen Fernsehunterhaltung eintrat.

Zu sagen, daß Frau Gutermuth ein hellgrünes Kleid mit einem lila Blumenmotiv trug, wäre eine Irreführung. Sie trug das Kleid nicht, sondern war darin eingezurrt wie der Hausrat einer türkischen Familie auf der Heimreise nach Anatolien. Bei jedem Atemzug hob sich ihr Busen so gewaltig, daß Reibedanz sich einen Moment lang allen Ernstes fragte, ob Frau Gutermuth beim Anziehen wohl aus Versehen ein Sofakissen mit eingepackt habe. Aber er ließ sich seinen ästhetischen Schock nicht anmerken. »Close your eyes and think of England«, hatte Queen Victoria ihrer Tochter vor der Hochzeitsnacht geraten. Udo Reibedanz öffnete die Augen und dachte an seine Mission.

»Wie schön, daß Sie gekommen sind«, sagte er und küßte Frau Gutermuth die Hand. Ihre Finger rochen nach einer überraschenden Mischung aus Abwaschmittel und Veilchenparfum.

»Sie haben mir ja gar keine Wahl gelassen!« Frau Gutermuth kicherte wie ein später Backfisch. »Wenn einem jemand einen so schönen Brief schreibt ...«

Reibedanz dachte mit Schaudern an all die abgestandenen Floskeln, mit denen er sein Einladungsschreiben überreich garniert hatte. »Bei einer schönen Frau«, sagte er tapfer, »fallen einem schöne Worte leicht.«

Frau Gutermuth kicherte wieder und hielt sich die Hand vor den kleinen Mund, den sie sich mit sehr rotem Lippenstift auf den eigenen gemalt hatte. »Sie sind mir aber einer«, sagte sie. »Schon als Sie damals mit dieser Umfrage zu mir kamen, habe ich gedacht: Das ist mir aber einer!«

Wenn Frau Gutermuth lachte, wippte ihr massiger Busen bedrohlich. Reibedanz taumelte, vermied knapp einen Zusammenstoß mit der Kellnerin und fragte schnell: »Wollen wir uns nicht setzen?«

Der Stuhl, den er Frau Gutermuth hinschob, knarrte unter ihrem Gewicht auf. Reibedanz floh auf seine Seite des Tisches und verschanzte sich hinter der Speisekarte wie ein antiker Krieger hinter seinem Schild. »Womit darf ich Sie denn verwöhnen?«

»Ich esse um diese Zeit allerhöchstens eine Kleinigkeit«, antwortete Frau Gutermuth und begann mit glänzenden Augen das Angebot zu studieren. Sie war gerade erst bis zu den Vorspeisen vorgedrungen, als sie plötzlich aufblickte. »Ich weiß ja noch nicht mal Ihren Namen!«

Udo Reibedanz zögerte. Kein Zweifel, er war ein Held, wie Homer keinen heldischeren besungen hat. Wie sonst hätte er, ohne zu zittern, um eine Frau von solchem Lebendgewicht werben können? Aber er war mehr Achill als Ulysses, Schlauheit war seine Sache nicht. Und so hatte er es versäumt, sich für seine Werbung rechtzeitig ein Pseudonym auszudenken. Der einzige Name, der ihm im Moment einfiel, war der eines Redakteurs bei einem Privatsender, dem er gerade an diesem Tag vergeblich das Konzept einer Sendereihe über die Lyrik des 20.

Jahrhunderts angeboten hatte. »Ich heiße Theo Fleck«, antwortete er deshalb, ohne auch nur im geringsten an die Möglichkeit zu denken, daß die Folgen dieser völlig zufälligen Namenswahl den Unterhaltungschef Waschoda eines Tages beinahe ins Irrenhaus bringen würden.

36

Über Helden werden Epen gedichtet, um Heilige ranken sich Legenden. In zwei oder drei Jahrhunderten, wenn der Atem der Geschichte genügend Staub darüber geweht hat, wird die nächtliche Begegnung zwischen Siegfried Esche und Martha Fiedler vielleicht unter dem Titel »Sankt Patrizius offenbart sich seiner Jüngerin« in den frommen Büchern stehen. »Ein überirdisches Leuchten strahlte um sein Antlitz«, wird es dann vielleicht heißen, oder: »Seine wundertätigen Hände waren rot von Blut.«

Aber in dieser nüchternen Chronik, die sich der Wahrheit und nichts als der Wahrheit verschrieben hat, muß festgehalten werden, daß das Flackern um Siegfried Esches Gesicht von einer defekten Neonröhre herrührte und das Rot an seinen Händen vom Ketchup, der aus einem Hamburger tropfte. Siegfried Esche und Martha Fiedler trafen sich bei McDonald's.

Damit wir uns recht verstehen: es handelte sich dabei nicht etwa um Siegfried Esches Stammlokal. Für gewöhnlich hätte es einer drohenden Hungersnot oder zumindest eines lockenden Werbevertrages bedurft, um ihn seine tiefe Abneigung gegen solch plebejische Kulinarik überwinden zu lassen. Aber gerade die Tatsache, daß ihn dort ganz bestimmt niemand vermuten würde, hatte ihn diesen Treffpunkt wählen lassen.

»Die Sache muß ein Ende haben«, sagte er.

Martha Fiedler sah ihn mit ihren großen braunen Augen an, die an hündischer Verehrung denen seines vierbeinigen Partners Hasso in nichts nachstanden. Sie schwieg.

»Ein Ende muß die Sache haben!«

Esches sonores Organ ließ seine Verehrerin erschauern. Ohne den Blick von ihm zu wenden, tastete sie nach dem braunen Schulheft, um seine Worte aufzuschreiben. Mühsam bahnte sich ihre zitternde Hand einen Weg durch eine Doppelportion Pommes frites.

»Haben Sie mich verstanden, Frau Fiedler? So kann es nicht weitergehen! Ständig diese Singerei und seit letzter Woche auch noch die Kerzen und der Weihrauch! Sie machen mich ja lächerlich! Ich bin Schauspieler und kein Popanz.«

»Sie sind ein Wundertäter.«

»Jetzt fangen Sie nicht schon wieder an! Für Ihre Heilung kann ich nichts.«

»Ein so bescheidener Wundertäter.«

»Ich verlange, daß diese Belästigungen aufhören. Beim nächsten Mal werde ich die Polizei rufen lassen.«

Frau Fiedler nickte dankbar. Wenn ihr Abgott ein Martyrium von ihr verlangte – wer war sie, daß sie sich seinem Ratschluß widersetzen sollte?

»Also, Frau Fiedler! Wenn wir morgen drehen ...«

»... werde ich wieder da sein. Wir alle werden da sein.« Ihre Stimme klang unterwürfig, aber entschlossen.

»Verdammt noch mal!« Siegfried Esche schlug mit der

Faust auf den Tisch und traf seinen Big Mac. Ein Ketchup-Strahl spritzte Frau Fiedler ins Gesicht. In den Legendenbüchern kommender Jahrhunderte wird von einem Stigma zu lesen sein.

»Wir werden immer wiederkommen«, sagte sie. »Immer mehr werden wir sein. Es ist unsere Pflicht.«

»Meine liebe Frau Fiedler ...«

Die freundliche Anrede ließ seine Jüngerin in Tränen der Rührung ausbrechen. Mit dem Ketchup vermischt flossen sie ihr orangerot über die Wangen.

»Jetzt fangen Sie nicht auch noch an zu weinen!«

»Ich möchte Ihnen ja so gerne gehorchen«, schnüffelte Martha Fiedler. »Aber ohne unseren Meister können wir nicht leben.«

»Ich bin nicht Ihr Meister!«

»Doch. Und Sie werden es immer bleiben.«

»Frau Fiedler, jetzt hören Sie mir einmal ganz genau zu!« Eigentlich war diese Ermahnung ja überflüssig, denn Martha lauschte ihm nicht nur hingegeben, sondern hielt auch jedes seiner Worte in ihrem Schulheft fest. »Ich bin Schauspieler. Ich stehe in der Öffentlichkeit. Das ist eine Verpflichtung. Wenn Sie mir auf Schritt und Tritt nachlaufen mit Ihren Frauen ...«

»Es sind jetzt auch ein paar Männer dabei.«

»... mit ihren Männern und Frauen, dann ist das nicht gut für mein Image. Wir müssen da eine vernünftige Lösung finden.«

»Wenn Sie zu uns kämen ...?« fragte Martha Fiedler und schlug unterwürfig die Augen nieder.

»Wohin?«

»In unseren Tempel.«

»Sind Sie jetzt endgültig übergeschnappt?«

Martha Fiedler schüttelte den Kopf, daß der Ketchup nur so flog. »Es ist nur ein bescheidenes Plätzchen«, sagte sie eifrig. »Wir treffen uns dort, um über Ihre Worte nachzudenken. Wir haben einen Thron für Sie vorbereitet. Nichts würde uns glücklicher machen, als wenn Sie ...«

»Kommt doch überhaupt nicht in Frage!« sagte Siegfried Esche. Er sagte es noch mehrmals. Aber einem Menschendarsteller darf nichts Menschliches fremd sein, und so versprach er schließlich, unter der Bedingung, daß die nächsten Drehtage hosianna- und hallelujafrei verlaufen würden, seinen Besuch im Patrizius-Tempel.

Als er McDonald's verlassen hatte, saß Frau Fiedler ein paar Augenblicke bewegungslos am Tisch. Dann wickelte sie Esches beschädigten Hamburger sorgfältig in eine Papierserviette. Jede neue Religion braucht ihre Reliquien.

37

Der verantwortungsvolle Chronist hat die Aufgabe, aus der ungeordneten Flut der Ereignisse die wenigen wirklich bedeutenden herauszufischen. Wer über ein Fußballspiel berichtet, langweilt seine sportinteressierten Leser nicht mit jedem folgenlosen Hin und Her im Mittelfeld, sondern erzählt kurz und bündig vom Doppelpaß in der 67. Minute und dem anschließenden Treffer ins kurze Eck. Der politische Korrespondent druckt nicht jede Rede jedes Abgeordneten in voller Länge ab, sondern beschränkt sich auf die kurzen Bonmots der Spitzenpolitiker, die ihm von den Pressediensten der Parteien fürsorglich in die Hand gedrückt werden. Der Gesellschaftsreporter verschweigt die Freuden und Leiden von Hinz und Kunz, um um so besser die Verlobungsabsichten einer hübschen Prinzessin in den Mittelpunkt seiner Kolumne rücken zu können. Kurz: Aufgabe des Chronisten ist es, die Welt überschaubar zu machen.

In diesem Sinne soll hier von jenem bedeutungsschwangeren Abendessen, das Udo Reibedanz und Frau Gutermuth zusammenführte, nur das wirklich Wesentliche aufgeführt werden. Kein Wort darüber, daß sich Frau Gutermuth lange nicht zwischen Krevettencocktail mit Thousand Islands Dressing und Wildpastete mit Sauce Cumberland entscheiden konnte und schließlich auf Zureden ihres fürsorglichen Kavaliers beides bestellte. Keine Silbe über Udo Reibedanz' Horror, als er feststellen mußte, daß Frau Gutermuth Chagall für einen Modeschöpfer und Schönberg für einen Ausflugsort hielt. Kein Buchstabe über die ungeahnten Auswirkungen, die der schwere Burgunder auf den nur an Eierlikör gewohnten Organismus der Haushälterin hatte, kein Iota über ihr mädchenhaftes Kichern und verschämtes Taschentuch-vor-den-Mund-Halten.

Auch auf Beschreibungen soll verzichtet werden, so reizvoll es auch sein könnte, im Detail zu schildern, wie Frau Gutermuths gemaltes Mündchen im Laufe des Abends allmählich seinen Standort wechselte und, wie von eigenem Leben beseelt, immer mehr auf ihr Doppelkinn zurutschte. Aber ein ganzes Kapitel würde nicht ausreichen, um Udo Reibedanz' Gefühlen Genüge zu tun, als sein Bein plötzlich ebenso vielversprechend wie bedrohlich von der barocken Fülle Gutermuthscher Waden umfaßt wurde, und nur die

Wortmächtigkeit eines James Joyce könnte jenem schicksalsträchtigen Moment gerecht werden, als Reibedanz realisierte, daß sein Charme zu gut funktioniert hatte und die zukünftige Muse der kulturvollen Unterhaltung einen Gutenachtkuß von ihm erwartete.

All das soll hier nicht einmal erwähnt werden. Entscheidend für den weiteren Verlauf dieser Chronik war nur ein kurzer Dialog zwischen Entenbrust mit Orangensauce und Eisbecher Imperial.

»Wissen Sie eigentlich«, fragte Udo Reibedanz, »wie wichtig Sie für Herrn Waschoda sind?«

»Natürlich.«

Reibedanz war fassungslos. »Sie wissen es?«

»Seine Frau, ich will ja nichts gegen sie sagen, aber in all den Jahren hätte sie es lernen können. So jung, wie sie sich gerne gibt, ist sie schließlich auch nicht mehr.«

»Wie bitte?«

»Zum Beispiel Kartoffelklöße.«

»Kartoffelklöße?«

»Herr Waschoda hat sie gern weich, auf der Zunge müssen sie zergehen, aber sie läßt mich ja nicht machen, eine Säge müßte man als Besteck servieren.«

»Ich sprach nicht von Ihrer Arbeit als Haushälterin. Kein Zweifel, daß Sie darin unersetzlich sind.«

»Sie läßt mich ja nicht machen. Sagt, sie will mir Arbeit abnehmen, und dann sind die Kartoffelklöße hart wie Stein.«

»Aber Sie sind für Herrn Waschoda auch noch in anderer Hinsicht unersetzlich. Als sein Orakel.«

»Sein was?«

»Er hört auf sie. Ihre Meinung ist für ihn wichtig. Nie

würde er eine Sendung ins Programm nehmen, der Sie nicht zugestimmt haben.«

Frau Gutermuth kicherte. »Sie sind ein lustiger Mann«, sagte sie. »Was Sie immer für Scherze machen können!«

»Ich meine es ganz ernst, liebe Frau Gutermuth. Herr Waschoda verläßt sich auf Ihren...« er zögerte und beendete den Satz dann heroisch: »... auf Ihren guten Geschmack.«

Udo Reibedanz hatte schon in vielen Büchern gelesen, daß jemandem vor Verblüffung der Mund offen stehen blieb, und er hatte den Satz immer für eine leere Phrase gehalten. Aber Frau Gutermuths Kinnlade schien wirklich jede Kraft verloren zu haben und machte den Blick auf zwei Goldzähne frei, zwischen denen noch eine Faser Entenbrust steckte.

»Sie meinen wirklich, daß er auf mich...?«

»Ja, liebe Frau Gutermuth. Und Sie tragen damit eine große Verantwortung!«

Aufgabe des Chronisten ist es, das Wesentliche aus der Flut der Ereignisse herauszufischen. »Sie tragen eine große Verantwortung.« Dieser Satz von Reibedanz, und nur er, entspricht dem Tor in der 67. Minute, dem Bonmot des Spitzenpolitikers, der Verlobung der Prinzessin. Mit ihm wurde das süße Gift der Bewußtheit in Frau Gutermuths Seele geträufelt und begann seine verheerende Wirkung zu tun.

Verglichen damit ist es völlig nebensächlich, daß er ihr tatsächlich einen Gutenachtkuß gab und anschließend Orffs »Carmina Burana« auf volle Lautstärke drehen und mehrere Brandies trinken mußte.

38

Es war kein großes Fest und kein großes Festzelt, aber die Stimmung ging hoch, und die ersten freundschaftlichen Maßkrüge waren schon von Tisch zu Tisch geflogen. Eine warme Glocke aus Bierdunst und guter Nachbarschaft hüllte die dicht an dicht aneinandergereihten Menschen ein; man war unter sich und jeder kannte jeden.

Nur der fremde Herr am langen Tisch direkt vor dem Orchesterpodest schien fehl am Platz zu sein. Mit seinem nachtblauen italienischen Seidenjackett und dem auf die Krawatte abgestimmten Einstecktuch sah er aus, als ob er auf dem Weg zu einer Streichquartett-Serenade einer bösen Fee in die Hände gefallen wäre, einer Fee mit viel Sinn für satirischen Kontrast, die ihn hämisch kichernd direkt vor den Lautsprecher versetzt hatte, mit dem die »Original Altmühltaler Spitzbuben« ihr permanentes Fortissimo noch verstärkten.

Er hatte, seine Sitznachbarn vermerkten es mißbilligend, nur ein einziges Bier bestellt, und das stand immer noch unberührt vor ihm auf dem weiß-blau karierten Papiertischtuch. Und als jetzt der Kapellmeister »unser aller Liebling, den Fanderl Lois« ankündigte, da beteiligte sich der Fremde nicht am frenetischen Beifall, sondern hob nur leicht den Kopf.

Der Fanderl Lois trat ans Mikrofon und quittierte den Jubel des Festzeltes mit einem halb verlegenen, halb triumphierenden Lächeln. Wie er so trotzig oder, um es im Stil seiner Lieder zu formulieren: trutzig dastand, die braungebrannten Beine fest auf den Boden gepflanzt, die

Hände in den Taschen seiner Lederhose vergraben, wirkte er trotz seiner gut zwanzig Jahre wie ein Junge, aber ein Junge, der sich von niemandem herumkommandieren läßt und den man bei einer Rauferei gern an seiner Seite wüßte. Und als er sich die ungebärdigen blonden Haare aus der Stirn strich, da schlugen die Herzen der Mädchen höher unter dem Dirndl, und die Mütter nickten zustimmend beim Gedanken, so einen zum Schwiegersohn zu haben.

Er schloß die Augen, als die »Spitzbuben« die Einleitung zu seinem ersten Lied anstimmten, und im Festzelt wurde es still. Nur weit hinten, wo sich die Hähnchen brutzelnd an den Spießen drehten, lachte noch jemand laut, aber ein allgemeines »Schschsch!« brauste wie eine Windböe durch den Raum und brachte auch ihn zum Schweigen.

»Meine Heimat ist dort, wo die alten Sterne stehn«, sang der Fanderl Lois, und dabei blickte er zur Decke des Zeltes empor wie zum nächtlichen Firmament über einem dunkeln Wald. Er hatte keine große Stimme, aber wenn er beim Refrain den Arm zu den Lautsprechern und Scheinwerfern hinaufstreckte, als ob dort oben die ganze Milchstraße zwischen den Rauchschwaden hervorblinkte, dann war die Stimme gar nicht mehr so wichtig, und alte Männer führten die Humpen an die Lippen, um sich zusammen mit dem Bierschaum unauffällig ein paar Tränen aus dem Gesicht zu wischen.

Der Lois sang vom Apfelbaum, dessen Blüten wie der letzte Reif sind, wenn im Frühling die Herzen zu tauen beginnen, er sang von der Mühle auf dem Hügel, die einem schon von ferne zuwinkt, wenn man nach langer Wanderschaft in die Heimat zurückkehrt, er sang von der

Liebe, vom Abschiednehmen und vom Wiederfinden. Und dann haute der dickste von den »Spitzbuben« fest auf seine Pauke, und der Lois stimmte ein fröhliches Lied an, in dem sich Lust auf Brust und Dominante auf Tonika reimte, die Leute hakten sich unter und schaukelten hin und her, sie juchzten und lachten, und nur der fremde Mann in seinem viel zu feinen Anzug saß unbeweglich da und notierte mit einem altmodischen Füllfederhalter etwas auf einem Notizblock.

Der Lois gab eine Zugabe und noch eine, und eigentlich wären schon lang die »Original Altmühltaler Spitzbuben« wieder an der Reihe gewesen. Aber die Leute standen auf den Bänken und den Tischen und riefen immer wieder: »Mutter! Mutter! Mutter!« Sie klatschten im Rhythmus ihres Rufes in die Hände und stampften zwischen den Bierkrügen den Takt dazu. Und der Lois ließ sich schließlich überreden, er gab den »Spitzbuben« ein Zeichen, die Handharmonika präludierte in Moll, und dann stimmte er das Lied an, für das sie ihn so liebten und ohne das sie ihn nicht gehen lassen wollten: »Mutter, du hast mir das Leben geschenkt.«

Die Menschen trauten sich vor Rührung nicht, von den Tischen zu steigen, sie blieben stehen und schwankten sacht hin und her wie Kornähren im Sommerwind, und als der Fanderl Lois den Refrain zum letzten Mal wiederholte, da sangen sie alle mit, und es war schöner als in der Kirche. Dann jubelten sie, und ihre Begeisterung galt zur Hälfte dem Sänger und zur Hälfte den eigenen edlen Gefühlen.

Nur der Fremde jubelte nicht, und so faßte ihn sein Nachbar an den Umschlägen seines italienischen Jacketts, hob ihn hoch, schüttelte ihn ein paarmal und fragte drohend: »Gefällt dir der Lois etwa nicht?«

»Doch«, sagte Herr Marhenke, und er meinte das ganz ehrlich, »er gefällt mir sogar ausgezeichnet.«

39

»Schluß!« sagte Minister Keller und schob den Suppenteller beiseite.

»Wie bitte?« sagte seine Frau.

Keller machte ein entschlossenes Gesicht, wie ein dicker kleiner Napoleon mit einer Serviette im Kragen. »Ganz egal, was Dr. Dünsheimer meint oder nicht meint, ich werde in keiner Unterhaltungssendung auftreten!«

»Aha«, sagte seine Frau.

»Ich habe so etwas nicht nötig! Ich bin ein seriöser Politiker und kein Hampelmann! Oder sehe ich aus wie ein Hampelmann?«

»Natürlich nicht«, sagte seine Frau.

»Die sollen dort ihre Liedchen trällern und ihre Spielchen spielen – aber ohne mich! Wenn sie mich unbedingt im Fernsehen haben wollen, können sie mich ja interviewen.«

»Wann haben sie dich zum letzten Mal interviewt?« fragte seine Frau.

»Das hat damit nichts zu tun. Im Moment gibt es halt keine großen Neuigkeiten aus meinem Ministerium.«

»Aha«, sagte seine Frau.

»Und überhaupt: alle diese Unterhaltungssendungen

sind absolut schwachsinnig! So was darf man gar nicht unterstützen.«

»Wenn Sie dich einladen würden ...«

»... dann würde ich genau dasselbe sagen! Genau dasselbe. Du denkst doch nicht etwa, das sind bei mir nur saure Trauben? In diese Niederungen darf man sich einfach nicht hinabbegeben. Man kann den Fernseher einschalten, wann man will ...« Mit napoleonisch entschlossenem Schritt marschierte er zum Apparat und drückte auf die Taste.

»Und jetzt wir wollen sehen, wer von Ihnen richtig getippt hat!« sagte Giovanni Bosco gerade in seinem unverwechselbaren gebrochenen Deutsch. »Vorhang auf!«

Giovanni Bosco gehörte zum festen Inventar der Fernsehunterhaltung, seit seine Karriere in den fünfziger Jahren als singender Kellner in einem Weinlokal in Baden-Baden begonnen hatte. Sein jungenhaftes Gesicht hatte sich dank mehrerer Liftings seit jener Zeit kaum verändert, nur seine ehemals schwarzen Locken fielen jetzt schlohweiß auf den offenen Kragen des schwarzen Hemdes, so daß er aussah wie das Negativ seines eigenen Jugendbildes. Und natürlich hatte er den italienischen Sprachstil konserviert, der ihn so unverwechselbar machte. »Wenn Giovanni Bosco einmal richtig deutsch lernt«, pflegte Balthasar Pfau zu sagen, »ist seine Karriere sofort im Arsch.«

»Und hier sie sind!« rief Giovanni Bosco. Minister Keller erschrak, denn er kannte die drei Personen, die hinter dem sich öffnenden Vorhang auf der kleinen Bühne sichtbar wurden. Die Frau in dem rosaroten Kleidchen und mit der großen Schleife in den Haaren war die Verfasserin mehrerer erfolgreicher Bücher über Frauenemanzipation. Sie saß auf dem Boden, hatte den Daumen in den Mund gesteckt und drückte einen zerfledderten alten Teddybär an sich. Neben ihr, in kurzen Hosen und mit einem Schulranzen auf dem Rücken, kniete ein früherer Fußball-Nationalkicker und spielte mit einer Dampfmaschine. Und um die beiden herum schob der Wissenschaftsminister ein zerbeultes Blechauto über den Studioboden. Er trug einen Matrosenanzug mit passender Mütze und hatte sich ein paar dicke Sommersprossen auf die Nase gemalt. »Brumm, brumm«, sagte der Wissenschaftsminister.

»Was ist denn das?« fragte Keller entgeistert.

»Kennst du die Show nicht? Sie heißt ›Schön war die Jugendzeit‹. Prominente bringen ihr altes Spielzeug mit, und die Kandidaten müssen herausfinden, was zu wem gehört.

»Aber ...« sagte Keller.

»Kommt, glaub ich, sehr gut an. Die Sendung läuft jetzt schon im dritten Jahr.«

»Aber das ist doch ...« sagte Keller.

»Unterhaltung für die ganze Familie. Das Privatleben der Prominenz interessiert das Publikum immer.«

»Das ist doch der Wissenschaftsminister!« sagte Keller.

»Ja. Den seh ich in der letzten Zeit dauernd in irgendeiner Fernsehsendung. Die Leute mögen ihn, weil er alles mitmacht.«

Auf dem Bildschirm bewies Giovanni Bosco gerade mit alten Fotos, daß der Wissenschaftsminister als Kind wirklich einen Matrosenanzug getragen hatte. Keller starrte stumm auf die Szene, wie Napoleon auf das Schlachtfeld von Waterloo. Dann sagte er zu seiner Frau: »Entschuldige mich bitte, ich muß telefonieren. Ich muß unbedingt nochmal mit Dr. Dünsheimer reden.«

40

Das folgende Gespräch hat nie stattgefunden.

Herr Marhenke betonte gleich zu Anfang, daß es nie stattgefunden habe, und der Fanderl Lois kniff ein Auge zu und sagte: »Hab's schon wieder vergessen.« An der Tür des kleinen Hinterzimmers hing das Schild »Geschlossene Gesellschaft«, und der Wirt, der mit dem Fanderl um drei Ecken herum verwandt war, brachte die Getränke selber: ein großes Bier für den Lois und einen Lindenblütentee für Herrn Marhenke, denn in Lokalen, wo sie keinen Champagner, sondern nur Sekt hatten, tat der ab und zu gerne was für seine Gesundheit.

»Sie haben eine sehr schöne Stimme«, begann Herr Marhenke, und obwohl sich der Fanderl Lois doch vorgenommen hatte, gegenüber dem geschniegelten Fremden aus der Stadt so kühl und undurchschaubar wie bei einem Kuhhandel zu bleiben, war das glückliche Strahlen in seinem Gesicht unübersehbar. Es ist eine Sache, von den Bauernstoffeln gelobt zu werden, die schon zufrieden sind, wenn sie einen Refrain mitsingen können. Aber wenn einer mit einem teuren italienischen Jackett und einem Fahrer, der draußen im Mercedes wartet, eigens aus München angereist kommt, dann ist das doch etwas anderes.

»Allerdings«, sagte Herr Marhenke und legte sinnierend die Fingerspitzen aneinander, »allerdings ist eine schöne Stimme allein noch gar nichts wert. Bloß weil die Maße stimmen, wird man noch nicht Miss World. Wenn wir aus Ihnen einen Star machen wollen ...« Er ließ den Satz unbeendet verklingen, und der Fanderl Lois hüpfte danach wie die Forelle nach der Fliege.

»Wie meinen Sie das – Sie wollen einen Star aus mir machen?«

»Viele sind berufen, aber wenige sind auserwählt.« Herr Marhenke sprach den Satz mit so viel Salbung, als hätte er ihn gerade eben vom Himmel empfangen. »Und nur ganz wenige haben das gewisse Etwas.«

»Wenn ich singe, gefällt's den Leuten.«

»Hier im Tal. Und im nächsten. Im übernächsten vielleicht auch noch. Aber wie sieht das in Wanne-Eickel aus? Oder in Castrop-Rauxel? Wieviel Exemplare haben Sie von Ihrer letzten Platte verkauft?«

»Ich habe noch nie eine Platte aufgenommen«, sagte der Fanderl Lois beschämt, und Herr Marhenke sah ihn so mitleidig an wie der Kardinal-Staatssekretär einen Ministranten, der irrtümlicherweise eine Einladung zum Konklave bekommen hat.

»Nicht? Na ja. Wenn wir es richtig anstellen, könnte ich mir vorstellen, daß wir gleich auf Anhieb eine Goldene machen.«

Der Fanderl Lois war von der Vision einer goldenen Schallplatte so geblendet, daß er das »wir« gar nicht bemerkte und es gleich selber übernahm. »Wieviel müßten wir da verkaufen?«

»Zweihundertfünfzigtausend«, sagte Herr Marhenke, und das Gesicht vom Fanderl Lois begann zu leuchten, als ob sich die Himmel geöffnet und Heerscharen von Engelein einen Tusch geblasen hätten.

»Zweihundertfünfzigtausend Schallplatten«, wiederholte er ergriffen, und es klang wie ein Gebet.

»Wenn wir es richtig anstellen.« Herr Marhenke nippte an seinem Lindenblütentee. »Aber dafür müßten Sie schon bereit sein, auch Ungewöhnliches zu leisten.«

»Ich bin bereit!« rief der Fanderl Lois, und es fehlte nur wenig, und er wäre niedergekniet und hätte den Ring mit dem Familienwappen geküßt, das sich Marhenke von einem der besten Grafiker Münchens hatte entwerfen lassen. »Was soll ich tun?«

»Ich habe mir folgendes überlegt«, begann Herr Marhenke, aber das Gespräch hat ja, wie gesagt, nie stattgefunden, und darum kann auch niemand wissen, was die beiden in dem kleinen Hinterzimmer unter den Gamsgeweihen und der Fahne des Schützenvereins miteinander besprachen.

Sicher ist nur, daß der Fanderl Lois sich spät am Abend mit sehr beschwingten Schritten auf den Heimweg machte, was nicht wegen der Beschwingtheit besonders bemerkenswert ist, sondern weil doch der Fanderl Lois schon wenig später überhaupt nicht mehr laufen konnte.

41

Frau M's zweites Attentat war ein totaler Flop.

Nicht etwa, daß ihre Bombe nicht funktioniert hätte; dafür war die Bauanleitung, die sie bei einer Sendung über die Gefahren des Terrorismus mitgeschrieben hatte, viel zu exakt gewesen. Aber obwohl die Explosion beträchtlichen Sachschaden anrichtete, erwies sie sich doch als Fehlzündung, denn die Schlagzeilen, diese wunderschönen fetten

Lettern auf der ersten Seite, diese Lorbeerkränze des Gazettenruhms, die heimsten andere ein.

Dabei war zuerst alles nach Plan gelaufen. Frau M hatte sich für eine Führung im Fernsehstudio angemeldet, und zwar für die große Führung, die Kaffee und Kuchen in der Kantine einschloß, und damit die Chance, echte Bildschirmprominenz zum Anfassen nahe am Nebentisch zu erleben. Sie hatte sich pünktlich am Treffpunkt eingefunden, in derselben Pförtnerloge übrigens, in der sie damals ihrem großen Auftritt entgegengefiebert hatte. Selbst der Pförtner war derselbe, aber er erkannte Frau M nicht wieder, denn sie war unter einem Kopftuch, wie unter einer Tarnkappe, in anonymer Durchschnittlichkeit verschwunden. Ihre Bombe trug sie in der Handtasche bei sich, so wie die andern Teilnehmer ihre Autogrammalben.

Die Gruppe wurde von einer jungen Dame namens Katja Kahlow betreut, die schon immer zum Fernsehen gewollt und zu diesem Zweck mehrere Semester Medienwissenschaften studiert hatte. Ihre besonderen Fähigkeiten waren beim Sender auch gleich erkannt worden, und man hatte ihr aufgrund ihrer wohlgeformten Beine einen Job vor der Kamera angeboten: sie durfte in einem neuen Quiz den Punktestand der Kandidaten bekanntgeben und dazu lächeln. Weder Punktestand noch Lächeln waren beim Publikum auf das geringste Interesse gestoßen; das Quiz hatte den entscheidenden Durchbruch vom Nachmittagsprogramm in den Vorabend nie geschafft und war abgesetzt worden. Und so schleuste Katja Kahlow jetzt Besuchergruppen durchs Haus und tröstete sich mit der Legende, daß schon mancher Hollywoodstar als Reiseführer in Disneyland entdeckt worden sei.

Ihr Interesse an den durch Studios und Werkstätten zu treibenden Schäfchen war entsprechend gering, und sie konnte der Polizei später beim besten Willen nicht sagen, ob sich jemand während des Rundgangs vorübergehend von der Herde abgesetzt habe. Die Teilnehmer der Studioführung wurden von den Kriminalbeamten auch nur ganz am Rande und mehr der Vollständigkeit halber in die Untersuchung einbezogen, denn sie standen ausnahmslos im Rentenalter und gehörten damit nicht zu der Altersgruppe, aus denen terroristische Vereinigungen üblicherweise ihre Aktivisten zu rekrutieren pflegen.

Daß sich die Ermittlungen so voll und ganz auf die Rote Armee Fraktion und ähnliche Gruppierungen konzentrierten, lag an Frau M's Nachtblindheit. Sie hatte ihre Besuchergruppe auf halbem Wege zu Kaffee und Kuchen verlassen und war, den Schildern mit der Aufschrift »Kein Zutritt für Unbefugte« folgend, zu einer Metalltüre gelangt, hinter der sie das Studio vermutete, in dem Klaus Hagerer nichtsahnende Kandidatinnen um ihre wohlverdienten Ferienreisen auf die Azoren zu prellen pflegte. Die Türe war nicht verschlossen, und niemand bemerkte, wie Frau M hineinschlich.

In der Dunkelheit des unbeleuchteten Studios waren nur gerade die Umrisse der mit Plastikhauben abgedeckten Kameras schemenhaft zu erkennen. Sie sahen aus wie eine Herde von Sauriern, die sich im Zwielicht versammelt hatten, um auf das Aussterben zu warten.

Mit ausgestreckten Armen – sie war wirklich sehr nachtblind – stolperte Frau M bis zu einer kleinen Holzkonstruktion, in der sie das Showmasterpult zu erkennen glaubte, hinter dem hervor Hagerer so mitleidslos immer wieder

»Wie hieß die Sau?« gefragt hatte. Am Fuße des Pultes ertastete sie eine kleine Vertiefung, in der die Handtasche mit der Bombe gerade Platz hatte. Zu sehen war sie dort wohl auch bei hellster Beleuchtung nicht, und um das Ticken des eingebauten Weckers zu hören, hätte jemand schon den Atem anhalten und das Ohr ganz nahe an den Boden legen müssen. Die Detonation allerdings, so hatte es Frau M geplant, würden Millionen von Menschen sehen und hören können, denn der Zeitzünder war so eingestellt, daß er genau zu Beginn der Schlußrunde von »Ferngesehen, gern gesehen« explodieren mußte.

Niemand hatte Frau M's Abwesenheit bemerkt, und als sie in der Kantine wieder zu ihrer Besuchergruppe stieß, hatte die Meute gerade einen leibhaftigen Nachrichtensprecher namens Osbert Geier aufgespürt und umlagerte ihn auf der Jagd nach Autogrammen und Erinnerungsfotos. Es war, wie Balthasar Pfau von seinem Stammplatz ganz hinten in der Ecke kommentierte, das erste Mal, daß ein Geier vom Aas verschlungen wurde.

Am Abend saß Frau M, zufrieden mit ihrem Tagewerk, bei einer kleinen Flasche Wein und einem Teller Gurken- und Tomatenschnittchen vor dem Fernseher und wartete auf den Knalleffekt, der sie wieder auf die Titelseiten aller Zeitungen bringen sollte. Sie wartete vergeblich. »Ferngesehen, gern gesehen« lief ohne jeden explosiven Zwischenfall ab, und eine ganz unsympathische Hausfrau gewann nicht nur eine Reise nach Teneriffa, sondern auch noch ein Auto.

Erst am nächsten Morgen, als sie im Kiosk die frisch angelieferten Zeitungen sortierte, stellte Frau M fest, was passiert war. Ihr Sprengkörper war nicht nur zur falschen

Zeit explodiert, sondern auch in der falschen Sendung. Sie mußte statt ins Studio B ins gegenüberliegende Studio C geraten sein, in dem die Reihe »Ich stelle mich« produziert wurde, ein politisches Magazin, für das sich Frau M noch nie interessiert hatte. Die gestrige Ausgabe hatte einen konservativen Politiker zu Gast gehabt, der sich in der Hoffnung auf Wählerstimmen von rechtsaußen für eine härtere Gangart in der Bekämpfung von Staatsfeinden stark machte. Er hatte gerade die unbefristete Internierung von Verdächtigen gefordert, als die Bombe hochging, das Rednerpult in die Luft jagte und dem Politiker die Augenbrauen absengte.

Innerhalb einer Stunde hatten sich ein halbes Dutzend Leute bei den Zeitungen gemeldet und alle die Verantwortung für das Attentat beansprucht. Die Begründungen, die sie dazu lieferten, waren recht verschieden. »Wir wollten deutlich machen, daß keine Marionette der Wirtschaftsbosse vor unserem langen Arm sicher ist«, behaupteten die einen, während die anderen erklärten, sie hätten den Politiker nur deshalb in die Luft gesprengt, um ihm zu beweisen, daß seine Ansichten viel zu lasch seien und daß man Staatsfeinde nicht bloß internieren, sondern noch viel gründlicher und endgültiger aus dem Verkehr ziehen müsse.

Die Schlagzeilen waren dick und fett, die Leitartikel und Kommentare füllten ganze Spalten. Aber nirgends war etwas von einem eingravierten Buchstaben auf dem Boden des Sprengkörpers zu lesen, und dabei hatte sich Frau M, die ein großer Fan von Zorro-Filmen war, gerade damit besondere Mühe gegeben. Und die großformatigen Fotos zeigten immer nur den verletzten Politiker, der mit seinem turbanähnlichen Kopfverband aussah wie einer jener Asylanten, die er so ganz und gar nicht mochte. Nirgends stand auch nur ein Wort von einer um ihren Preis geprellten Quizkandidatin, die dem Fernsehen und all seinen Vertretern ewige Rache geschworen hatte.

Zwei Tage lang war Frau M völlig niedergeschlagen. Dann begann sie mit der Planung ihres nächsten Attentats. Diesmal, so hatte sie beschlossen, sollte nicht Klaus Hagerer das Opfer sein, sondern der viel schlagzeilenträchtigere Thilo Schmedes.

42

Thilo Schmedes hatte für seine neue Samstagabend-Show schon eine ganze Menge Dinge beisammen.

Er hatte einen praktisch unterschriftsreifen Kooperationsvertrag mit der Bundesbahn, die innerhalb der Sendung regelmäßig ihre neuesten Dienstleistungen und Angebote erwähnt haben wollte, wofür sie bereit war, eine hübsche Stange Geld an eine Agentur zu bezahlen, die einer Firma gehörte, die einem Mann gehörte, der Thilo Schmedes gehörte.

Er hatte die praktisch hundertprozentige Zusage einer Schallplattenfirma, ihm für die erste Sendung Liza Minelli als Stargast zu besorgen, wobei ihm der Firmenboss persönlich zugesichert hatte, diesmal würde sich der alte Branchenspott nicht bewahrheiten, wonach einem immer Liza Minelli versprochen wird und man immer Marlene Charell kriegt.

Er hatte ein sensationelles Bühnenbild mit einem ferngesteuerten Showmastersessel, der es ihm erlauben würde, über den Köpfen des Hallenpublikums schwebend dessen nichtendenwollenden Begrüßungsapplaus bescheiden abzuwehren.

Er hatte für die nächsten fünf Jahre Terminbuchungen in den Hallen von Böblingen, Hof, Saarbrücken, Dortmund, Hannover, Bremen, Leipzig, Berlin und Wien.

Er hatte im Schrank die ersten Anzüge der neuen Thilo-Schmedes-Modelinie für den wirklich repräsentativen Mann, die pünktlich zur ersten Sendung auf den Markt kommen sollte, und an deren Erträgen eine Agentur beteiligt war, die einer Firma gehörte, die einem Mann gehörte, der Thilo Schmedes gehörte.

Er hatte einen Kinderchor aus zweihundertfünfzig garantiert niedlichen Fünfjährigen, die alle spaßige Zahnlücken sowie je einen jungen Hund besaßen und in der Lage waren, zu einem Playback der Wiener Sängerknaben synchron die Lippen zu bewegen.

Er hatte die größte Farbeidophor Europas, die es dem Zuschauer in der Halle mit Hilfe eines speziell entwikkelten Computerprogramms ermöglichen würde, Thilo Schmedes gleichzeitig von vorne, von hinten, von oben und von rechts zu sehen. Rein technisch hätte man ihn natürlich auch von links zeigen können, aber das war seine nicht so telegene Seite.

Er hatte einen Redakteur, einen Regisseur, einen Bühnenbildner, drei Autoren, fünf Berater und ein Pressebüro.

Er hatte einen Werbevertrag mit einer Keksfabrik, für die er den Slogan »Einfach süß!« populär machen sollte, zu welchem Zweck die Fabrik auch die zweihundertfünfzig Kinder mit ihren zweihundertfünfzig jungen Hunden sponsern würde, ganz abgesehen von dem Honorar, das über eine Agentur lief, die einer Firma gehörte, die einem Mann gehörte, der Thilo Schmedes gehörte.

Er hatte einen echten königlichen Prinzen, der als Ehrenpräsident der Aktion »Rettet den Regenwald« nicht nur die eigene hängende Unterlippe, sondern auch eine Tanzgruppe außerordentlich naturnaher Amazonas-Indianer mitbringen wollte.

Er hatte einen vierhunderttausend Mark teuren Roboter aus Edelstahl, der den prominenten Gästen die Drinks servieren und dabei völlig spontane Pointen abschießen sollte; und er hatte auch schon die ersten tausend Pointen dazu.

Er hatte ein Budget, das in etwa der jährlichen Entwicklungshilfe für einen kleineren Drittwelt-Staat entsprach. Vielleicht war das der Grund, warum das Goethe-Institut allen Fernsehanstalten der dritten Welt kostenlose Kassetten der neuen Show versprochen hatte.

Er hatte eine knuddelige Trickfilmfigur namens »Thilolein«, die sich hervorragend für eine Vermarktung als Kuscheltier oder Badetuchmotiv eignete und deren Urheberrechte bei einer Agentur lagen, die einer Firma gehörte, die einem Mann gehörte, der Thilo Schmedes gehörte.

Er hatte fast alles, was man für eine große Samstagabend-Show braucht. Er hatte nur nicht die geringste Idee, was in dieser Sendung passieren sollte.

43

Wenn Waschoda gewußt hätte, daß Thilo Schmedes so ganz ohne zündende Idee aus Amerika zurückgekommen war, er hätte auf der Fahrt ins Büro vielleicht in Moll gepfiffen, statt in Dur, aber gepfiffen hätte er auf jeden Fall. An diesem Montagmorgen hatte sein Gespräch mit Frau Gutermuth nämlich ganz ungewöhnliche Früchte getragen, und wenn Waschoda nicht hätte befürchten müssen, sein Orakel durch Überfütterung außer Gefecht zu setzen, wäre eigentlich ein ganzer Zentner Likörpralinen fällig gewesen.

»Ein neuer Trend!« flüsterte er vor sich hin, und inniger kann auch Albert Einstein kein »$e = mc^2$« geflüstert haben. Wer hätte das gedacht! Das Publikum hatte die immer gleichen, inhaltsleeren Shows satt und sehnte sich nach anspruchsvoller Unterhaltung! »Man interessiert sich doch auch für Kultur«, hatte Frau Gutermuth wörtlich gesagt, während sie mit ihren Knuddelfingern eine Curaçao-Kugel auswickelte. »Man strebt doch auch nach Höherem!« hatte sie proklamiert, und eine geballte Ladung Crème de Menthe war dem Curaçao gefolgt. Und wenn er sie durch das Likörpralinen-Gemantsche richtig verstanden hatte, war doch tatsächlich das Wort »Bildungsauftrag« gefallen.

Waschoda pfiff immer noch, als er das Sitzungszimmer betrat. Selbst die Scheußlichkeit des fensterlosen Raumes, die durch die vergilbten Erinnerungsfotos an den Wänden nur sehr unvollkommen gemildert wurde, konnte diesmal seiner guten Laune nichts anhaben. Ihm fiel auf, daß auf den Gruppenbildern, die zum Ende größerer Produktionen aufgenommen wurden, immer die Garderobieren am glücklichsten lächelten. Wahrscheinlich war bei ihnen die Erleichterung am größten, die ganze Blase mal wieder für eine Weile los zu sein.

Als erster seiner Redakteure traf Schmidt-Schmitt zur wöchentlichen Abteilungssitzung ein.

»Na«, fragte Waschoda, »wie kommen Sie und Schmedes voran?«

»Sensationell«, sagte Schmidt-Schmitt, der nichts davon hielt, seine Vorgesetzten mit unangenehmen Tatsachen zu belasten. Außerdem war an der Art, wie Waschoda seine Halbbrille zwischen Daumen und Zeigefinger baumeln ließ, für jeden Eingeweihten unschwer abzulesen, daß er selber etwas zu erzählen hatte. Auch Beinhacker und Rößler erkannten das gleich beim Eintreten und setzten sich wortlos an ihre Plätze.

»Meine Herren«, begann Waschoda und setzte die Brille auf, »ich habe beschlossen, in unserem Programmangebot ein paar grundsätzliche Schwerpunktverschiebungen vorzunehmen.«

»Bravo!« rief Rößler voll präventiver Begeisterung.

»Die Änderungen betreffen vor allem den Kollegen Beinhacker.«

»Noch mehr Volksmusik?« Beinhackers Miene war so leidend wie die des heiligen Sebastian nach dem zwanzigsten Pfeil.

»Sie haben doch über Degas dissertiert?«

»Ich hatte die Absicht. Es ist dann nicht dazu gekommen, obwohl mein Doktorvater unbedingt wollte, daß ich...«

»Könnten Sie sich eine Sendung vorstellen, die dem Zuschauer Meisterwerke der europäischen Malerei auf populäre Weise nahebringt?«

»Keine Volksmusik?« Aus dem Pfeil war eine schmerzstillende Spritze geworden, und der heilige Sebastian konnte sein Glück noch nicht fassen.

»Vielleicht ein bißchen Volksmusik dazu. Wir wollen die Leute ja nicht überfordern.«

So glücklich hatte Beinhacker nicht mehr ausgesehen, seit damals das Playback von Rudolf Schock ausgestiegen war. »Kitsch und Kunst«, sagte er nachdenklich. »Das Vulgäre als Transportmittel des Erhabenen. Sehr interessant.«

»Eine geniale Idee!« rief Rößler, der sich im Speichellecken von niemandem übertreffen ließ. »Ich seh die Sendung schon vor mir. Der Mann mit dem Goldhelm und dazu ›Ich kauf mir lieber einen Tirolerhut‹! So versteht das Volk doch endlich seinen Rubens.«

»Rembrandt«, sagte Beinhacker.

»Von mir aus. Die Mona Lisa und ›Immer nur lächeln‹. Die betenden Hände und ein gejodeltes Ave Maria. ›Es hängt ein Pferdehalfter an der Wand‹ und der Turm der grünen Pferde.«

»Der blauen Pferde«, sagte Beinhacker.

»Das kriegt unsere Bildtechnik schon hin. ›Dunkelrote Rosen‹ und dazu ein Blumenstrauß von Van Gogh.«

»Van Gogh hat nie Rosen gemalt.«

»Weißt du, was du bist, Beinhacker? Ein kleinlicher Korinthenkacker! Da hat der Chef eine derart einmalige Idee, und du spielst hier den Floristen!«

»Ich möchte meinen Vorschlag erst mal zur Debatte stellen«, sagte Waschoda.

»Keine Debatte, Chef. Schlicht und ergreifend genial.«

»Und was meinen Sie, Schmidt-Schmitt?«

»Einerseits natürlich sehr. Aber andererseits muß man sich auch überlegen, ob. Meinen Sie wirklich, der Durchschnittszuschauer wird diese doch eher anspruchsvolle Form annehmen?«

Vor Waschodas geistigem Auge erschien Frau Gutermuth. Ihre schokoladeverschmierten Lippen lächelten und formten den Namen: »Picasso!« Der Unterhaltungschef schob entschlossen die Halbbrille höher. »Der Durchschnittszuschauer wird«, sagte er. »Darauf können Sie Gift nehmen.«

Zum Glück nahm ihn niemand beim Wort.

44

Der tragische Unfall des Fanderl Lois verlief ohne die geringste Panne.

Auf die tierfreundliche Variante mit dem Sturz vom Mähdrescher hatte man schweren Herzens verzichtet, nachdem Wiedner bei seinen gewohnt gründlichen Recherchen festgestellt hatte, daß in dieser Jahreszeit keine erntereifen Felder zur Verfügung standen und auch keine Rehkitze, denen man hätte ausweichen können. Obwohl Herr Marhenke von der prinzipiellen Machbarkeit aller Dinge zutiefst überzeugt war, hatte er sich in diesem einen Falle den Naturgesetzen beugen und die Argumente seines Sekretärs akzeptieren müssen. Aber sein nimmermüder Geist hatte schon bald ein neues Szenario kreiert, das, wie der Erfolg zeigen sollte, sogar noch herzergreifender war.

Auf dem Weg zu seiner Mutter, für die er mal wieder einen prächtigen Blumenstrauß gepflückt hatte, fuhr der Fanderl Lois auf seinem Motorrad durch die wunderschöne deutsche Natur. Der Fahrtwind blies ihm ins Gesicht und trug die Klänge des fröhlichen Liedes, das er vor sich hin trällerte, bis in die Wipfel der Bäume.

Doch plötzlich – der Lois hatte gerade vor lauter Lebensfreude einen Jauchzer zum blauen Himmel empor geschickt – stand da auf einem Hügel ein Bauernhaus, aus dessen Dach lichterlohe Flammen schlugen. Der Fanderl Lois stellte die schwere Maschine am Straßenrand ab und rannte, so schnell er konnte, den Hang hinauf, um zu helfen.

Der alte Holzbau schien unbewohnt. Aber da! War da nicht ein Kind? Preßte da nicht im ersten Stockwerk ein kleines Mädchen furchtsam das verweinte Gesicht gegen die Fensterscheibe? War es, ganz allein zu Hause, von Flammen und Rauch überrascht worden? Hatte es vielleicht verbotenerweise mit Streichhölzern gespielt? Der Fanderl Lois zögerte keinen Moment. »Halt aus, ich rette dich!« rief er und rammte seine kräftige Schulter gegen die Türe des Bauernhauses. Dreimal mußte er anrennen, bis das Schloß endlich nachgab.

Schwarzer Rauch quoll ihm entgegen und drohte ihn zu ersticken. Der Lois preßte sein Taschentuch vor den Mund und stürzte sich furchtlos in die Flammenhölle.

Schon hatte er die Treppe überwunden, schon wollte er die Türe öffnen, hinter der ein kleines Mädchen in hilfloser Panik dem Tod entgegenzitterte, als das Unheil geschah.

Ein brennender Balken löste sich von der Decke und traf den Fanderl Lois ins Kreuz. Ein rasender Schmerz durchzuckte ihn, dann verlor er gnädig das Bewußtsein. Sein letzter Gedanke gehörte seiner Mutter.

Das exakte Eintreffen der dörflichen Feuerwehr war nicht leicht zu organisieren gewesen, doch Wiedners Genauigkeit hatte sich auch in diesem Punkt bewährt. Der Fanderl Lois wurde pünktlich gerettet, und die Abendsonne stand genau richtig, als er die blauen Augen aufschlug und fragte: »Wie geht es dem Kind?« Einer der Feuerwehrleute wies stumm auf die Ruine des Bauernhauses. Im ausgebrannten Fensterrahmen des ersten Stockwerks stand – jetzt, wo sich der Rauch verzogen hatte, war es deutlich zu erkennen – eine Puppe. Die Puppe, für die der Lois sein Leben aufs Spiel gesetzt hatte.

Genaugenommen war es ja nicht dieselbe Puppe, denn die war von den Flammen zu sehr beschädigt worden, als daß sie noch ein effektvolles Foto für ein Plattencover hergegeben hätte, und die Wirklichkeit, wie Herr Marhenke zu sagen pflegte, ist viel zu wichtig, als daß man sie sich selbst überlassen könnte. Schließlich war die Puppe mit ihrem Mitleid erweckenden und doch optimistischen Gesichtsausdruck auch als Merchandising-Produkt vorgesehen.

Der Fanderl Lois wurde in die nahegelegene Privatklinik des Prominentenarztes Dr. Kripp eingeliefert, und dort verschwand er erst mal in der Versenkung. »Mit der Geschichte vom stillen Heldentum eines Volksmusikanten ist die Presse erst mal gut bedient«, hatte Herr Marhenke gemeint und damit wie immer recht behalten. Die Stories waren sehr befriedigend, und schon erkundigten sich die ersten Schallplatten-Grossisten, warum es denn von diesem Fanderl noch keine Aufnahmen gäbe. »Sie werden uns die Bude einrennen, wenn sie erst erfahren, daß er seit seiner Rettungsaktion querschnittsgelähmt ist«, sagte Herr Marhenke.

»Können wir uns darauf verlassen, daß Herr Dr. Kripp seine Diagnose nicht noch, sagen wir, überdenken wird?« fragte Wiedner.

»Wir können.« Herr Marhenke entfernte sorgfältig einen Fussel vom Ärmel seines Jacketts. »Es wäre für Dr. Kripps Praxis nämlich sehr schädlich, wenn an die Öffentlichkeit dringen würde, daß seine medizinischen Fähigkeiten in etwa denen von Siegfried Esche entsprechen, wenn er den Hausarzt Dr. Patrizius spielt. Ich weiß da zufällig ein paar Details über eine nicht ganz geglückte Schönheitsoperation.«

Wiedner hakte den Punkt auf seiner Liste ab. »Damit wäre dann ja alles unter Kontrolle. Nur die Feuerversicherung hat noch eine kleine Frage. Möchten Sie das Geld für den Brandschaden per Überweisung haben oder lieber als Scheck?«

45

Ohne hosianna-singende Fangemeinde verliefen die Dreharbeiten zu »Hausarzt Dr. Patrizius« sehr viel reibungsloser, aber allmählich mußte sich Siegfried Esche eingestehen, daß ihm etwas fehlte.

Damit wir uns recht verstehen: das unterwürfige Gehabe

dieser armen Menschen war ihm selbstverständlich immer lästig gewesen, aber irgendwie fühlte er sich doch verantwortlich für ihre Verblendung. Wenn sie ihn für einen Wundertäter hielten, so war das, wie er seinen Kollegen während einer Drehpause in aller Bescheidenheit auseinandersetzte, letzten Endes auf die überwältigende Kraft seiner Schauspielkunst zurückzuführen. Und so blieb ihm schließlich gar nichts anderes übrig, als eines Abends sein Wort einzulösen und Martha Fiedler und ihre Getreuen in ihrem sogenannten Tempel zu besuchen.

Der Patriziustempel war eigentlich eine Metzgerei. Ein riesiges Einkaufszentrum hatte die Quartierläden eingehen lassen wie kleine Fische, deren angestammtes Gewässer durch eine neuerrichtete Staumauer ausgetrocknet wird, und so waren die Räumlichkeiten wohl billig zu mieten gewesen. Von außen wies nichts auf den neuen Verwendungszweck hin. Über der Türe prangte immer noch ein rosaroter Schweinskopf, und in einem Kasten, der wohl ursprünglich der Ankündigung von Tagesspezialitäten gedient haben mochte, hing immer noch die Farbseite aus dem ›Fleischergewerbe‹, die Thilo Schmedes beim genüßlichen Verzehr einer Portion Sauerbraten zeigte. Die Schaufenster waren mit braunem Packpapier zugeklebt, aber an einer Stelle konnte Siegfried Esche durch einen Riß ins Innere des Ladens sehen.

Aus der verglasten Verkaufstheke, dort, wo früher Rollschinken und Hausmachersülze auf Kunden gewartet hatten, lächelte ihm sein eigenes Gesicht in vielfacher Ausführung entgegen. Autogrammpostkarten und die Titelseiten von Fernseh-Illustrierten waren von liebevollen Händen mit Grünzeug geschmückt worden; mit denselben

Petersilie-Büscheln aus Plastik, mit denen der Ladeninhaber früher seine Aufschnittplatten und Hackfleischschüsseln zu dekorieren pflegte. Auch an der Rückwand hingen Bilder, die Esche in den verschiedensten Posen zeigten; sie flankierten eine aus Fleischerstagen übriggebliebene Schautafel mit einem in die leckersten Stücke zerteilten Rind.

Oben auf der Theke stand ein Fernsehgerät, auf dessen Bildschirm Hausarzt Dr. Patrizius gerade einen kleinen Jungen im Arm wiegte, während er beruhigend auf ihn einredete. Siegfried Esche erinnerte sich nur ungern an diesen Take, denn eine übereifrige Garderobiere hatte den Jungen mit so viel Süßigkeiten gefüttert, daß er bei der dritten Wiederholung der Szene Esche den ganzen weißen Kittel vollgekotzt hatte.

Auf den ersten Blick schien sich niemand im Laden zu befinden, aber dann wurde der Fernsehdialog von einem heftigen Hustenanfall übertönt, und als sich Siegfried Esche auf die Zehenspitzen stellte, wurde ihm klar, warum er seine Verehrer vorher nicht gesehen hatte: sie knieten auf dem gekachelten Boden und blickten ehrfürchtig zum Fernsehschirm empor. Ein paar von ihnen warfen mißbilligende Seitenblicke auf den weißhaarigen Mann, der mit seinem Gehuste ihre Andacht störte.

Entschlossen, diesem sinnlosen Religionstheater ein für allemal ein Ende zu setzen, riß Siegfried Esche die Ladentüre auf, machte einen Schritt hinein, erblickte zu seiner Überraschung auch Irene Ems unter den Knienden, erschrak und stolperte dabei über das Verlängerungskabel des Fernsehgerätes. Die sonore Stimme des Fernseharztes brach mitten im Wort ab; die Köpfe, die sich beim Klingeln der Ladenglocke zur Türe gewendet hatten, fuhren wieder in die andere Richtung, wo Dr. Patrizius auf dem Bildschirm zu einem Lichtpunkt zusammengeschrumpft war; der weißhaarige Mann hörte vor Schreck auf zu husten; und Martha Fiedler schrie mit überkippender Stimme: »Ein Wunder! Hosianna! Ein Wunder!«

»Ich bin es satt, mir immer diesen Quatsch anhören zu müssen«, wollte Siegfried Esche sagen, aber er kam über die ersten drei Worte nicht hinaus. »Ich bin es«, sagte er, und seine Verehrer wiederholten vielstimmig psalmodierend: »Er ist es!«

»Ich verlasse diesen Raum nicht, bevor Sie mit dem Unsinn aufhören!« Auch diesen Satz hatte er noch nicht zu Ende gesprochen, als die Gemeinde schon wiederholte: »Er verläßt uns nicht!«

»Zwingen Sie mich nicht, eine höhere Instanz einzuschalten!« Das hätte Siegfried Esche schon gar nicht sagen sollen, denn Martha Fiedler und ihre Getreuen verstanden unter höherer Instanz nicht die Ordnungspolizei, sondern den lieben Gott persönlich, gegen dessen Einschaltung sie selbstverständlich nicht das geringste einzuwenden hatten.

Unter allgemeinen Jubelrufen wurde Esche ins Allerheiligste geführt: in den früheren Kühlraum der Metzgerei, wo ein Ohrensessel mit leicht verblichenem grünem Samtbezug als Thron für ihn bereitstand, bekränzt von Blumen, die von den Fleischerhaken an der Decke baumelten. Der weißhaarige Herr, dessen chronischer Husten wunderbarerweise nicht wiedergekommen war, kniete vor Esche nieder und küßte seine Hand. Mehrere Frauen schluchzten.

»Hosianna!« rief Martha Fiedler.

»Hosianna!« wiederholten ihre Getreuen.

»Aber nicht doch!« sagte Dr. Patrizius.

Diese Chronik ist der Wahrheit verpflichtet und nichts als der Wahrheit, und so muß hier berichtet werden, daß sich Siegfried Esche gegen seine Anbetung nur in sehr beschränktem Maße zur Wehr setzte. Es ist einem Schauspieler einfach nicht gegeben, Menschen, die ihn bewundern, schnöde abzuweisen.

46

Endlich hatte es geklappt: Minister Keller war für eine Unterhaltungssendung gebucht worden.

Das Engagement war ganz kurzfristig zustande gekommen, was allerdings weniger auf Dr. Dünsheimers gute Beziehungen in der Medienszene zurückzuführen war, als auf die Tatsache, daß ein prominenter Tennisspieler den Hauptsponsor und damit die PR-Strategie gewechselt hatte und deshalb aus der Show ausgestiegen war.

Die Sendung hieß »Wat'n dat?«, ein Titel, der bei Minister Keller einen gewaltigen Schrecken auslöste, weil er zunächst glaubte, Dr. Dünsheimer habe ihn bei »Wetten, daß?« untergebracht und er müsse jetzt einen Tieflader auf einem Eierbecher balancieren oder so was ähnliches. Aber seine Frau, die eine sehr viel geübtere Fernsehkonsumentin war, klärte ihn darüber auf, daß der Titel einfach »Was ist denn das?« bedeute und daß es sich dabei um eine nette, sympathische und völlig harmlose Spielshow handle. »Also eine Sendung, die genau zu dir paßt!« fügte sie hinzu, und obwohl Minister Keller schon viele

Jahre verheiratet war, war er sich nicht ganz sicher, ob sie das nicht vielleicht ironisch gemeint hatte.

Als er das Fernsehstudio betrat, war er so nervös wie seit dem Abitur nicht mehr, aber schon die ersten Worte, mit denen ihn die Präsentatorin der Show begrüßte, hatten eine angenehm beruhigende, um nicht zu sagen einschläfernde Wirkung. Isolde Zingers Diktion war so gepflegt wie ihre Frisur, bei der es kein Härchen gewagt hätte, aus der anmutig gelockten Reihe zu tanzen. Die Gründlichkeit, mit der sie ihm die Regeln der Sendung erklärte, erinnerte Minister Keller an die pädagogischen Methoden seiner ersten Sonntagsschullehrerin, die ebenfalls die Angewohnheit gehabt hatte, jedem ihrer Sätze mit erhobenem Zeigefinger Nachdruck zu verleihen. Das war übrigens auch der Grund, warum Frau Zinger von ihren Kollegen bösartigerweise Isolde Finger genannt wurde.

»Es ist ganz einfach, verehrter Herr Minister«, sagte sie. »In der ersten Spielrunde müssen die Kandidaten auf der Videowand Gegenstände erkennen, die unsere Technik durch elektronische Tricks kunstvoll verzerrt hat. Da verwechselt schon mal einer einen Plattenspieler mit einem Telefon, und das ist dann natürlich sehr, sehr lustig.«

»Ich verstehe«, sagte Keller, »darum heißt die Sendung ›Wat'n dat?‹«

»Sehr richtig.« Isolde Zinger nickte ihm aufmunternd zu, eine Geste, die er auch schon aus der Sonntagsschule kannte und die ihn wie damals mit einem warmen Gefühl der Dankbarkeit erfüllte.

»In der zweiten Runde geht es dann um den Tastsinn. Unseren Kandidaten werden die Augen verbunden, sie fassen in eine Kiste und müssen herausfinden, was sich darin befindet. In der letzten Sendung waren es kalte gekochte Spaghetti, die von einer Kandidatin für Regenwürmer gehalten wurden. Das war dann natürlich ...«

»Sehr, sehr lustig«, ergänzte Minister Keller eifrig.

»Das war ausgesprochen peinlich. Sie hatte nämlich panische Angst vor Regenwürmern und fiel in Ohnmacht. Ich mag es nicht besonders, wenn solche Sachen in meiner Sendung passieren.«

»Natürlich nicht«, sagte Keller.

»Zum Glück war es eine Aufzeichnung, und wir konnten die Stelle rausschneiden. Nach der Tastrunde kommt ein Showblock, und dann kommen Sie. Unser prominenter Gast ist immer der Höhepunkt der Sendung.«

»Nett, daß Sie das sagen.«

»Der Aufnahmeleiter schickt Sie raus, Sie gehen bis zu dem Kreuz, das mit Lassoband auf den Boden geklebt ist, und dann fangen Sie mit Ihrem Geräusch an. Ich hoffe, Sie haben ein lustiges Geräusch für uns vorbereitet.«

»Ich dachte ...« Das war eine Notlüge, denn natürlich war es Dr. Dünsheimer gewesen, der über dieses Thema lange und grundsätzlich reflektiert hatte. »Ich dachte, ich werde ein Schweinchen imitieren.«

»Sehr niedlich«, sagte Isolde Zinger und nickte schon wieder aufmunternd. »Wirklich sehr, sehr lustig. Sie grunzen also weiter ...«

»Es ist mehr eine Art Quieken.«

»Sie quieken also weiter, bis einer der Kandidaten das Geräusch erkannt hat. Dann geht die Wand hoch, die Kandidaten sehen Sie zum ersten Mal und applaudieren begeistert.«

»Meinen Sie?«

»Unsere Kandidaten sind sehr gut instruiert. Dann machen wir ein kurzes Interview, und Sie überreichen dem Sieger mit ein paar launigen Worten aus dem Stegreif seinen Preis.«

Minister Keller war sich nicht ganz sicher, ob die Worte, die ihm Dr. Dünsheimer aufgeschrieben hatte, auch wirklich launig genug für diesen Zweck waren, aber er nickte tapfer und behauptete, ihm wäre alles klar und er sähe keinerlei Probleme.

»Dann wird Sie unser Aufnahmeleiter jetzt in Ihre Garderobe führen. Ich nehme an, Ihr Anzug für die Sendung ist schon dort hingebracht worden.«

»Das hier ist mein Anzug für die Sendung.«

»Sehr hübsch, wirklich seht, sehr hübsch.« Aber das sagte Isolde Zinger ohne erhobenen Zeigefinger.

Man hatte eine richtige Künstlergarderobe für ihn reserviert, mit eigener Dusche und einem von Glühbirnen eingerahmten Spiegel, doch diese Showbusiness-Utensilien steigerten Minister Kellers Panik nur noch. War das alles wirklich nötig? Brauchte er wirklich eine Popularität, die sich nur mit dem Imitieren von Ferkeln erringen ließ? Konnte er sich seinen Platz am Kabinettstisch wirklich nur sichern, indem er öffentlich die Sau rausließ?

Aber es war nicht seine Art, Dinge, die er einmal begonnen hatte, nicht zu Ende zu führen, und so wischte er sich denn die feuchten Hände am Handtuch trocken, band sich die grellbunte Krawatte um, die Dr. Dünsheimer für ihn ausgesucht hatte, und übte noch einmal seine Schweinchen-Imitation.

»Oink, oink!« machte Minister Keller.

Auf dem Garderobenmonitor lief eine Stoppuhr rückwärts, dann wurde der Bildschirm für drei Sekunden schwarz, und die Aufzeichnung begann.

Isolde Zinger lächelte in die Kamera und versprach den Zuschauern mit erhobenem Zeigefinger, daß man es heute wieder einmal sehr, sehr lustig miteinander haben werde.

»Oink, oink!«

Ein Mitspieler verwechselte das Bild einer Mickymaus der Ohren wegen mit dem englischen Kronprinzen, und das Publikum kicherte dankbar.

»Oink, oink!«

In dem Kasten, in dem die Kandidaten herumwühlten, lag ein Haufen Styroporschnitzel, die prompt für Pommes Chips gehalten wurden. »Beißen Sie doch mal rein!« rief Isolde Zinger, und das Gelächter der Zuschauer wollte gar nicht mehr enden.

»Oink, oink!« Minister Keller übte immer noch.

Eine Maskenbildnerin kam in die Garderobe und puderte ihm das Gesicht ab. Auf dem Monitor hüpfte bereits eine Sängerin rhythmisch durch eine Wolke aus Trockeneis.

»Oink, onk, nk!« Plötzlich brachte Minister Keller keinen Ton mehr heraus. Sein Hals war wie zugeschnürt und fühlte sich entzündet an. Wahrscheinlich hatte er in seinem Übereifer zuviel geübt. »Nk, nk!« würgte er.

»Wenn ich Sie dann bitten dürfte, Herr Minister? Ihr Auftritt.«

Aber Minister Keller trat in »Wat'n dat« nicht auf. Bevor er das Studio fluchtartig verließ, konnte er gerade noch flüstern: »Es geht nicht. Ich kann heute kein Schweinchen imitieren. Ich bin vollkommen heiser.«

47

»Es geht nicht«, sagte der Fanderl Lois. »Es sind erst ein paar Tage, aber mir tut jetzt schon der Hintern weh. Ich muß einfach ab und zu aufstehen.«

»Nein«, antwortete Herr Marhenke, und kein Abt eines Trappistenklosters kann einem schwatzhaften Novizen je mit unbeugsamerer Strenge den Mund verboten haben. »Sie bleiben in diesem Rollstuhl sitzen, bis Sie sich das Leben ohne ihn gar nicht mehr vorstellen können!«

»Nur manchmal, wenn's keiner sieht«, flehte der Fanderl. »Nur ein bißchen durchs Zimmer gehen!«

»Nein. Es braucht Sie nur ein einziger Mensch auf zwei Beinen zu sehen, und Ihre Karriere als singender Invalider ist zu Ende, bevor sie überhaupt angefangen hat.«

»Die Türe würde ich natürlich vorher abschließen.«

Herr Marhenke schüttelte den Kopf. »In jeder Klinik der Welt haben die Schwestern Nachschlüssel.«

»Diese Schwestern! Die machen es einem noch viel schwerer.«

»Wieso? Die Kleine vorhin sah doch ganz appetitlich aus.«

»Eben drum. Sie wissen gar nicht, wie peinlich mir das ist, wenn die mir immer aufs Klo hilft.«

»Aber es wird Ihnen überhaupt nicht peinlich sein, wenn sie Sie in ein paar Tagen um ein Autogramm anfleht.«

»Sie glauben wirklich ...?«

»Mit Glauben hat das nicht viel zu tun, mein lieber junger Freund. Medien-Marketing ist zwar immer noch keine ganz exakte Wissenschaft, aber das weiß ich auch ohne Marktforschung, daß ein Volksmusiksänger im Rollstuhl seine Wirkung auf Krankenschwestern beiderlei Geschlechts überhaupt nicht verfehlen kann. Schon nach Ihrem ersten Auftritt können Sie von der Kleinen kriegen, was Sie wollen.«

»Bloß tanzen kann ich nicht mit ihr.«

»Das ist gut. Sehr gut sogar.«

»Was?«

»Die Zeile. ›Bloß tanzen kann ich nicht mir ihr.‹« Herr Marhenke holte seinen legendären Notizblock aus der Tasche. »Das könnte die Nachfolge-Single werden.«

»Ich verstehe nicht.«

»Das brauchen Sie auch nicht. Dafür haben Sie ja mich.« Herr Marhenke begann zu singen. »Ich kann mit ihr lachen, ich kann mit ihr weinen, mit ihr diskutieren bis morgens um vier – bloß tanzen, bloß tanzen kann ich nicht mit ihr.« Er unterstrich die Zeile schwungvoll, räusperte sich und sprach mit gewohnter Würde weiter: »Auf dem Cover ein schönes Mädchen im Gegenlicht. Den Nagel können Sie zu Hause schon mal einschlagen. Oder besser gesagt: einschlagen lassen. Sie dürfen ja nicht aufstehen.«

»Welchen Nagel?«

»Den für die goldene Schallplatte. Und dafür kann man sich doch auch mal ein paar Schwielen an den Hintern sitzen, oder?«

Der Fanderl Lois holte tief Luft und nickte dann. »Ich kann's kaum erwarten. Weiß man schon, wo ich zum ersten Mal . . .?«

»Ich habe Sie zunächst einmal Waschoda angeboten. Genauer gesagt Beinhacker. So eine volle Ladung rosarotes Gefühl paßt dort genau in die Palette.«

»Und wenn sie nein sagen?«

»Vor ein paar Wochen hätte ich noch gesagt, das ist unmöglich. Aber in der letzten Zeit scheint Waschoda auch nicht mehr ganz geschmackssicher zu sein.«

»So eine Sendung wäre schon gut zum Anfang.«

»Ist doch kein Problem! Dann starten wir eben im Privatfernsehen. Ich habe Theo Fleck schon einmal eine erste Andeutung gemacht.«

»Würden uns die anderen das nicht übelnehmen?«

»Gewaltig sogar. Waschoda wird sich ganz schön ärgern. Spätestens dann, wenn ›Aber die Lieder sind frei‹ in der Hitparade auf Platz eins steht.«

Die Vorstellung, seinen Namen in der Hitparade zu lesen, wirkte sich auf den Hintern des Fanderl Lois wohltuend aus. Die Sitzbeschwerden, die schon bei den Worten »goldene Schallplatte« merklich nachgelassen hatten, waren überhaupt nicht mehr zu spüren.

»Ich verspreche Ihnen, Herr Marhenke«, sagte er mit der Inbrunst eines Novizen, der sich nach langen Selbstzweifeln endgültig entschlossen hat, die ewigen Gelübde abzulegen, »ich werde in diesem Rollstuhl sitzen bleiben, solange Sie wollen!«

»Brav, junger Freund.«

»Nur...«

»Ja?«

»Nur manchmal habe ich das Gefühl, daß meine Beine wirklich abzusterben beginnen.«

»Das wäre natürlich sehr erfreulich«, sagte Herr Marhenke. »Aber bis es soweit ist, darf ich Sie um ein bißchen Disziplin bitten. Wahre Kunst verlangt nun mal Opfer.«

48

»Man muß der Kunst auch Opfer bringen«, sagte Udo Reibedanz aufmunternd und versuchte hinter seinem charmantesten Lächeln zu verbergen, mit welch ironischer Genauigkeit dieser Satz gerade für ihn selber zutraf.

»Die Sitze in diesem Theater sind einfach zu eng!« jammerte Frau Gutermuth und biß in ihr drittes Lachsbrötchen. Ein paar Brosamen verschwanden auf Nimmerwiedersehen in der Versenkung ihres Busens. Sie hatte für ihren ersten Theaterbesuch eine Art Gala-Dirndl angezogen, dessen Ausschnitt ihre verschwenderischen Formen so umfassend präsentierte wie eine Breitleinwand die dräuenden Wogen in einem Seemannsfilm.

»Jetzt in der Pause können Sie sich ja erst mal erholen!« tröstete Reibedanz. Er hatte schon von Leuten gehört, die im Flugzeug immer gleich zwei Plätze nebeneinander für sich buchen mußten, aber verstehen konnte er ihr Problem erst, seit er Frau Gutermuth aus ihrem Sitz hatte entkorken müssen.

»Ich weiß sowieso nicht, warum Sie mich hierher geschleppt haben. Dabei wäre heute in der Stadthalle Karel Gott aufgetreten. Herr Waschoda hätte uns Freikarten besorgt.«

»Gefällt Ihnen der ›Sommernachtstraum‹ nicht?«

»Die reden alle so geschwollen. Und überhaupt: Waldgeister und all so ein Kram! Das ist doch mehr was für Kinder.«

»›Man muß die Welt zeitlebens mit Kinderaugen sehen‹, hat Henri Matisse mal gesagt.«

»Wer?«

Reibedanz beschloß, seine kulturpädagogischen Bemühungen nicht auch noch mit einem Exkurs in die Kunstgeschichte zu belasten. »Ich habe das Stück für uns ausgewählt, weil es das Herz anspricht. Sie sind doch ein empfindsames weibliches Wesen...«

Frau Gutermuth war für Komplimente noch empfänglicher als für Likörpralinen. »Das stimmt«, sagte sie. »Man sieht es mir nicht an, aber genau so bin ich.«

»Und darum brauchen Sie mehr als die oberflächlichen Gefühlsimitationen eines Schlagersängers.« Er merkte, daß er sie sprachlich überfordert hatte und vereinfachte: »Was dieser Karel Gott singt, ist doch einfach Kitsch!«

»Aber er hat eine so schöne hohe Stimme.«

»Liebe Frau Gutermuth, versuchen Sie doch einfach einmal auf die Stimme Shakespeares zu lauschen.«

»Welcher ist das? Der mit dem Eselskopf?«

»Lassen Sie die Musik des Stückes auf sich wirken, und ich bin sicher: plötzlich werden Sie verstehen, was Ihnen diese Musik zu sagen hat! Ihnen ganz persönlich.«

Es klingelte zum zweiten Teil. Reibedanz nahm Frau Gutermuth das Champagnerglas ab, stellte den leeren Brötchenteller zur Seite und bugsierte sie so vorsichtig in ihren Sitz zurück wie ein kleines Lotsenboot einen Öltanker.

Und Shakespeares Magie schien seine Wirkung tatsächlich nicht zu verfehlen. Als der letzte Vorhang gefallen war, blieb Frau Gutermuth reglos an ihrem Platz sitzen, als ob Pucks Zauberstab auch sie berührt hätte. Zwei Tränen kullerten aus ihren Augen, kurvten um ihre Pausbacken und versanken zwischen den Kinnen. »Das ist das Aller-, Allerwunderbarste, das mir je passiert ist«, flüsterte sie.

»Der ›Sommernachtstraum‹?«

»Die Musik! Ich habe verstanden, was Sie mir sagen wollten. Aber Sie hätten gar nicht so schüchtern sein müssen. Ich warte schon so lange darauf.«

»Worauf?«

Statt einer Antwort begann Frau Gutermuth zu singen. Zu seinem Schrecken erkannte Reibedanz Mendelssohns Hochzeitsmarsch, der eben als Bühnenmusik erklungen war.

»Das haben sie in der ›Schwarzwaldklinik‹ gespielt, als Professor Brinkmann die Schwester Christa geheiratet hat. Das müssen sie auch an unserer Hochzeit spielen.«

»Aber ...«

»›Sie müssen verstehen, was die Musik Ihnen zu sagen hat! Ihnen ganz persönlich.‹ So lieb hat bestimmt überhaupt noch nie ein Mann einen Heiratsantrag gemacht.«

»Sie meinen doch nicht ...«

»Sag du zu mir! Jetzt, wo wir zusammengehören.«

»Frau Gutermuth!«

»Ich heiße Mimi. Mimi Fleck.« Frau Gutermuth schloß die Augen und legte den Kopf zur Seite. »Küß mich, Theo!« flüsterte sie.

Udo Reibedanz brauchte ein paar Augenblicke, um sich daran zu erinnern, daß er seinen Verführungs- und Bildungsfeldzug ja unter dem Pseudonym Theo Fleck angetreten hatte. Und voller Schrecken wurde ihm klar, daß dieser Theo Fleck jetzt praktisch verlobt war.

49

Die Agentur, die einer Firma gehörte, die einem Mann gehörte, der Thilo Schmedes gehörte, suchte für den Showmaster in einer großen Aktion eine neue Assistentin. Es sollte keine Schönheitskönigin und kein Mannequin sein, sondern, wie es in dem Aufruf der Agentur hieß, »ein originelles, bodenständiges, humorvolles Wesen, kurz, eine Frau wie du und ich«, was in Anbetracht der Tatsache, daß der Texter des Aufrufs ein Mann war, eine ziemlich verwegene Definition darstellte.

Damit wir uns recht verstehen: Thilo Schmedes' neue Assistentin war natürlich schon lange gefunden, und zwar handelte es sich dabei um eine schwäbische Kabarettistin, die mit politischer Satire keinen Erfolg gehabt und deshalb beschlossen hatte, komisch, populär und wohlhabend zu werden. Sie hieß Celeste Putzenmayer. Damit wir uns gleich noch einmal recht verstehen: sie hieß natürlich nicht Celeste Putzenmayer, niemand auf dieser Welt heißt so, aber die Agentur, die einer Firma gehörte, die einem Mann gehörte, der Thilo Schmedes gehörte, hatte darauf bestanden, sie mit einem maßgeschneiderten Künstlernamen voll erdverbundener Originalität zu versehen, und die Kabarettistin, die eigentlich ganz gewöhnlich Franziska Riehle hieß, war zu lange gegen Erstattung der Reisekosten durch alternative Kleintheater getingelt, als daß sie sich gegen solche äußerlichen Begleiterscheinungen des Geldverdienens zur Wehr gesetzt hätte.

Daß die Agentur für den bereits besetzten Posten doch noch eine öffentliche Suchaktion durchführte, hatte einen doppelten Grund. Einerseits sollte die Werbetrommel für die neue Samstagabendshow gerührt werden – ein Aspekt, auf den Thilo Schmedes um so mehr Wert legte, je weniger er sich über den Inhalt der Sendung im klaren war –, und andererseits hatte die Agentur auch noch einen Vertrag mit der Keksfabrik, die die zweihundertfünfzig Kinder mit ihren jungen Hunden sponsern wollte. Der Test für alle Bewerberinnen bestand deshalb darin, die Worte »Einfach süß!« in die Kamera zu hauchen und dabei möglichst sympathisch auszusehen.

An Bewerberinnen war kein Mangel. Die Aussicht, achtmal im Jahr an der Seite von Thilo Schmedes vor einem Millionenpublikum zu erscheinen, hatte ausgereicht, um die Straßenzüge rund um die Agentur mit einer wahren Flutwelle von Naturtalenten zu überschwemmen, die von der vorsorglich aufgebotenen Polizei nur mühsam eingedämmt werden konnte.

Alle Bewerberinnen einzeln zu beschreiben muß der Inseratenkampagne vorbehalten bleiben, die den potentiellen Keksessern der Nation den »Einfach süß«-Slogan eintrichtern wird. Im bescheidenen Rahmen dieser Chronik müssen wir uns auf einen repräsentativen Ausschnitt beschränken.

Bewerberin Nummer 334 hieß Chloé Königsberger und war gerade sechzig geworden, was sie anhand von Fotos ihrer drei Enkelkinder belegte. In den Nachkriegsjahren hatte sie als Partnerin eines Messerwerfers gearbeitet, und sie betonte mehrmals, daß sie auch heute noch zu allen Schandtaten bereit sei.

Nummer 335 hieß Barbara Henze und hatte es dank ihrer charaktervollen Nase einmal beinahe geschafft, bei

Rudi Carrell als Imitatorin von Barbara Streisand aufzutreten. Zumindest hatte sie ernsthaft erwogen, sich anzumelden.

Nummer 336 hieß Ulrike Sollner, hatte bereits die Titel Miss T-Shirt und Miss Disco-Night errungen und fand es überhaupt nicht fair, daß ausgerechnet Schönheitsköniginnen, gewissermaßen als diskriminierte Minderheit, von der Bewerbung ausgeschlossen sein sollten.

Nummer 337 hieß Walburga Kostmann, war dreiundachtzig Jahre alt, verfügte über keinerlei besondere Talente und hatte sich überhaupt nur in die Warteschlange eingereiht, weil sie ihr ganzes Leben lang noch nie etwas in einem Preisausschreiben gewonnen hatte. Sie erhielt eine Großpackung Kekse und ging glücklich nach Hause.

Nummer 338 weigerte sich als einzige aller Bewerberinnen kategorisch, in die Kamera zu lächeln und »Einfach süß!« zu sagen. Statt dessen war sie sichtlich verärgert, als sie erfahren mußte, daß Thilo Schmedes, für den sie eigens einen selbstgebackenen Marmorkuchen mitgebracht hatte, beim Assistentinnen-Test gar nicht persönlich anwesend war.

Ihren türenknallenden Abgang unter Mitnahme des Kuchens kommentierte ein Mitarbeiter der Agentur so: »Wahrscheinlich hat sie vor lauter Verehrung jede Rosine einzeln geküßt, bevor sie sie in den Teig gerührt hat.« Damit bewies er nur, daß er weder von der Herstellung von Marmorkuchen noch von Frauen etwas verstand, denn das Gebäck hatte überhaupt keine Rosinen enthalten, sondern eine Sprengladung.

Aber die dünne Kuchenschicht schmeckte trotzdem sehr gut, nachdem Frau M sie sorgfältig von ihrer neuesten Bombe abgelöst und mit Schlagsahne und Schokoladenstreuseln garniert hatte. Auch eine Attentäterin kann eine gute Hausfrau sein.

50

Wenn es nach Dr. Husserl, dem Wissenschaftsredakteur des ›Telegramm‹ gegangen wäre, hätte der Bericht über Schmedes' 8493 Möchtegern-Assistentinnen den Ehrenplatz auf der Titelseite erhalten. Es ging aber nicht nach ihm.

Sein Versuch, mit diesem Vorschlag einen anderen Aufmacher abzuschießen, scheiterte kläglich. Es war auch nicht anders zu erwarten gewesen. Das ›Telegramm‹ leistete sich einen Wissenschaftsredakteur, wie sich ein Rüstungskonzern einen Friedensforscher hält: ohne die geringste Absicht, ihm einen Einfluß auf die Geschäftspolitik zuzugestehen.

»Nehmen wir doch diesen Massenaufmarsch von kamerageilen Gänsen als Aufmacher!« flehte Dr. Husserl in der Tageskonferenz. »Da haben wir auch eine Menge richtig netter Bilder dazu. Das ist doch der Human Touch, von dem wir immer reden.«

»Hat meine Geschichte etwa keinen Human Touch?« fragte Sieglinde Wiegandt. »Ein Lahmer, der wieder gehen kann? Eine blinde Frau, die wieder sieht?«

»Diese Patrizius-Sache hatten wir doch schon mal im Blatt.«

»Aber nicht mit einem Foto, wo eine Oma ihr Enkelchen

zum ersten Mal erblickt! Ein schnuckeliges Baby, und die Alte weint, was das Zeug hält!«

»Zweifellos«, gab Dr. Husserl widerwillig zu. »Aber wir können diese Geschichte nicht so prominent bringen!«

»Wieso nicht?«

»Weil die Leute das für bare Münze nehmen! ›Fernsehstar als Wunderheiler! Siegfried Esche heilt durch Handauflegen!‹«

»Ich hätte vorgeschlagen: ›Das Wunder des Dr. Patrizius‹. Das hat so was Biblisches.«

»Das können wir doch nicht machen. Jeder ernstzunehmende Wissenschaftler wird Ihnen bestätigen ...«

»Mein lieber Dr. Husserl!« Das war die väterliche Stimme des Chefredakteurs. »Ihre ernstzunehmenden Wissenschaftler in allen Ehren. Aber die Frage, die wir uns zu stellen haben, lautet doch: Was will unser Publikum lesen?«

»Wenn es danach ginge ...!«

»Es geht danach«, sagte Sieglinde Wiegandt. »Wir haben schließlich eine Verpflichtung gegenüber den einfachen Menschen, die mit ihren Groschen letzten Endes unsere Gehälter bezahlen.«

»Aber das sind doch nur Hirngespinste hysterischer Hypochonder! Ich habe mit dem Hausarzt dieser sogenannten Blinden telefoniert, und der Kollege hat mir bestätigt, daß die Frau allerhöchstens stark kurzsichtig war.«

»Tut mir leid, Dr. Husserl«, sagte der Chefredakteur. »Eine derartig flagrante Verletzung des Vertrauensverhältnisses zwischen Arzt und Patient ist mit meinen Vorstellungen von journalistischer Ethik nicht vereinbar. Wir werden davon kein Wort schreiben.«

»Wir sollten über die ganze Sache nichts schreiben! Dieser Schmierenschauspieler ...«

»Siegfried Esche hat immerhin den Bambi bekommen.«

»Dieser Schauspieler, den ein paar bemitleidenswerte kranke Menschen für einen Wunderheiler halten ...«

»Eben haben Sie noch behauptet, daß die Leute völlig gesund seien.«

»Aber es werden eine Menge kranker Menschen an ihn glauben. Krebskranke. Aidsinfizierte. All die Leute, denen die Medizin nicht mehr helfen kann. Sie werden sich an diesen Strohhalm klammern und den sagenhaften Dr. Patrizius anbeten. Wollen Sie solchen armen Menschen falsche Hoffnungen machen?«

»Die Hoffnung«, sagte Sieglinde Wiegandt und klang ganz gerührt, »ist das schönste Geschenk, das wir ihnen machen können.«

»Aber dieser Esche ist ein Scharlatan!«

»Können Sie das beweisen?«

»Schon der gesunde Menschenverstand sagte einem ...«

»Mein lieber Dr. Husserl!« Das war wieder der Chefredakteur. »Mit dem gesunden Menschenverstand argumentiert jeder Stammtisch! Von meinem wissenschaftlichen Redakteur erwarte ich mehr. Können Sie mit hundertprozentiger Sicherheit für jede Heilung, die Herr Esche vorgenommen hat, eine andere Erklärung liefern?«

»Natürlich nicht. Das ist genau wie in Lourdes ...«

»Hervorragend«, sagte Sieglinde Wiegandt. »Das werde ich schreiben. ›Unser wissenschaftlicher Mitarbeiter Dr. Wolfram Husserl meint: Das ist genau wie in Lourdes.‹«

»Wenn Sie das tun ...«, sagte Dr. Husserl.

»Ja?«

»Dann kündige ich fristlos.« Die Androhung löste in der Runde der Redakteure keine größere Panik aus. »Dann muß ich in Betracht ziehen, eventuell sogar zu kündigen.«

»Und wenn mein Artikel nicht erscheint ...«

»Meine liebe Frau Wiegandt!« sagte der Chefredakteur. »Lieber Dr. Husserl! Ich finde, im Rahmen einer ausgewogenen Berichterstattung sollen beide Meinungen angemessen zum Zuge kommen. Morgen heißt unser Aufmacher ›Das Wunder des Dr. Rathaus‹. Wir werden im Rahmen unserer Informationspflicht über alle Heilungen ausführlich berichten. Und Sie, lieber Dr. Husserl, schreiben einen flammenden Appell an die Vernunft der Menschen und weisen streng wissenschaftlich nach, daß das alles nur Humbug ist.«

»Ich weiß nicht, ob ich das bis morgen ...«

»Lassen Sie sich Zeit! Wissenschaft muß Weile haben. Außerdem wollen wir unsere Leser ja auch nicht mit einem einzelnen Thema überfordern. Jetzt berichten wir erst mal über die Wunderheilungen, und Ihr Artikel erscheint dann in zwei Wochen. Oder in dreien. Übrigens, Frau Wiegandt, ich entnehme da Ihrem Bericht, daß diese Martha Fiedler den Esche immer mit ›Halleluja!‹ begrüßt.«

»Das stimmt.«

»Finden Sie nicht, daß das vielleicht auch eine hübsche Schlagzeile wäre?«

51

Waschodas Mitarbeiter waren es gewohnt, den Sitz seiner Halbbrille so sorgsam zu studieren wie ein Meteorologe die Form der Wolken. So wie sie an diesem Vormittag an der äußersten Nasenspitze saß, signalisierte sie nicht nur Sturm, sondern Orkan. Und Waschodas Tonfall war denn auch so eisig wie eine arktische Kaltluftfront über den Shetlandinseln.

»Herr Beinhacker!«

»Ja, Chef?« piepste der Redakteur.

»Haben Sie gestern abend ›Lied der Heimat‹ gesehen?«

Beinhacker zögerte. Die Sendung lief im Programm eines Privatsenders, und er wußte nicht genau, ob es taktisch geschickter war, sie aus Pflichtbewußtsein gesehen oder aus Treue zur öffentlichrechtlichen Sache nicht gesehen zu haben. Schließlich entschied er sich für einen Kompromiß. »Ich habe rein zufällig mal kurz eingeschaltet.«

»Wie fanden Sie diesen Fanderl?«

Beinhacker hatte ihn zum Kotzen gefunden, aber er war schon lange genug Redakteur, um reflexartig jede Außerung eines persönlichen Geschmacks zu vermeiden. »Bei den Leuten scheint er nicht schlecht anzukommen.«

Das war eine gewaltige Untertreibung. Das Publikum hatte minutenlang applaudiert, die Kameras hatten lauter zu Tränen gerührte Gesichter aus der jubelnden Menge gefischt, und als das von Herrn Marhenke persönlich ausgesuchte kleine Mädchen Fanderls Rollstuhl endlich von der Bühne geschoben hatte, da war er mit Blumen übersät gewesen wie der Katafalk eines Volkshelden.

»Und warum hatten wir den nicht bei uns?« Die Temperatur war noch einmal um ein paar Grade gefallen, und der Blizzard konnte jeden Augenblick losbrechen.

Beinhacker hätte die Frage durchaus beantworten können. »Sie haben doch selber entschieden, daß wir das Angebot ablehnen«, hätte er sagen können. Aber ein einfacher Soldat macht seinen Feldherrn nach verlorener Schlacht besser nicht darauf aufmerksam, daß es vielleicht doch klüger gewesen wäre, den linken Flügel in Reserve zu halten. Und darum duckte sich Beinhacker noch ein bißchen kleiner und sagte: »Ich habe ihn schon für eine meiner nächsten Sendungen vorgesehen.«

»Wenn er dann sowieso in der Hitparade ist. Wie einfallsreich! Wissen Sie eigentlich, daß heute früh in zwei Stunden fünfzigtausend Platten von diesem Mann verkauft wurden? Alle an Leute, die ihn gestern gesehen haben. Und nicht bei uns!«

»Tut mir leid«, sagte Beinhacker.

»Es wird Ihnen bald noch viel leider tun! Sie sind mein Fachmann für Volksmusik, und ich erwarte von Ihnen ...«

»Ich hatte in letzter Zeit auch sehr viel mit ›Kunst und Musik‹ zu tun«, versuchte sich Beinhacker rauszureden.

Das hätte er besser nicht gesagt. Die Pilotsendung, in der Vico Torriani zu Landschaftsbildern von Caspar David Friedrich »La Pastorella« gesungen hatte, war beim Publikum nämlich so schlecht angekommen, daß Waschoda zum ersten Mal seit Jahren als Wettverlierer den Sekt hatte bezahlen müssen.

»Die Reihe ist abgesetzt.« Waschodas Stimme war so ruhig wie die Atmosphäre, kurz bevor der Orkan ausbricht. Seine Brille saß jetzt endgültig an der äußersten Kante. »Sie sind dieser Aufgabe offensichtlich nicht gewachsen, Herr Beinhacker.«

»Aber ...«

»Ich gebe Ihnen eine letzte Chance: entweder bricht unsere nächste Volksmusiksendung alle Rekorde, oder Sie können in Zukunft die Ziehung der Lottozahlen betreuen. Verstanden?«

»Jawohl«, sagte Beinhacker, obwohl er überhaupt nichts verstanden hatte. So außer sich hatte er seinen Chef noch nie erlebt. Aber er konnte ja auch nicht wissen, was Waschoda wirklich plagte: »Kunst und Musik« war entstanden, weil sich Frau Gutermuth plötzlich für Malerei begeisterte. Der Fanderl Lois war abgelehnt worden, weil sich Frau Gutermuth über die Vorstellung eines singenden Invaliden entsetzt hatte.

Ganz langsam mußte sich Unterhaltungschef Waschoda mit dem Gedanken vertraut machen, daß sein Orakel nicht mehr unfehlbar war.

52

Wenn diese Chronik nicht den Tatsachen und nichts als den Tatsachen verpflichtet wäre, dann müßte an dieser Stelle wohl ein längerer Exkurs über die Bedeutung des Zufalls bei der Gestaltung menschlicher Schicksale stehen. Denn wenn der Metzger, bei dem die Frau von Minister Kellers Fahrer immer einzukaufen pflegte, seinen Laden nicht geschlossen und an die Gläubigen der Patrizius-Gemeinde weitervermietet hätte, dann wäre Keller wohl seinem Schwur treu geblieben, nie, nie mehr in einer Unterhaltungsshow auftreten zu wollen. Doch weil der gewohnte, nahegelegene Laden nicht mehr zur Verfügung stand, mußte die Frau seines Fahrers ihren Mann bitten, die Zutaten zum sonntäglichen Gulasch während einer Dienstfahrt zu besorgen, und da diese Fahrt unvorhergesehen lange dauerte und dazu noch die Sonne sehr heftig schien, war das Fleisch, als es endlich nach Hause und in den Kochtopf gelangte, nicht mehr ganz frisch, was eine so heftige Magenverstimmung bei Minister Kellers Fahrer zur Folge hatte, daß er gezwungen war, seinen Chef anzurufen und ihm mitzuteilen, daß er sich außerstande sähe, an diesem Abend seinen dienstlichen Obliegenheiten nachzukommen. Nun hatte aber Minister Keller gerade an diesem Sonntagabend bei einem Empfang in der Botschaft eines Staates zu repräsentieren, der einerseits bedeutend genug war, um bei seinen Einladungen auf die Teilnahme eines Regierungsmitgliedes Anspruch zu haben, andererseits jedoch für die Kargheit seines Bewirtungs-Etats berüchtigt war, weshalb Kellers sämtliche Amtskollegen es vorgezogen hatten, zu diesem Termin wegen anderweitiger dienstlicher Verpflichtungen leider unabkömmlich zu sein.

Minister Keller wünschte seinem Fahrer gute Besserung und bestellte sich ein Taxi.

Nun legte aber der gastgebende Staat, vielleicht als Ausgleich für die Kargheit seines kalten Buffets, um so größeren Wert auf protokollarische Korrektheit, und zu deren ungeschriebenen Regeln gehörte es nun mal, daß prosaischen Taxen die Zufahrt direkt vor das Botschaftsgebäude nicht gestattet wurde. Minister Keller sah sich deshalb gezwungen, die letzten hundert Meter zu Fuß zu gehen, was wegen eines leichten Nieselregens nicht ganz angenehm war, insbesondere da die heranbrausenden Staatskarossen keine Rücksicht auf einen gewöhnlichen Fußgänger zu nehmen gewillt waren, so daß Keller mehrmals in einem der gepflegten Blumenbeete Zuflucht suchen mußte, was sich wiederum nicht sehr positiv auf den Zustand seiner Schuhe auswirkte.

Vor dem Eingang der Botschaft versperrte ihm ein breitschultriger Mann den Weg und musterte ihn so herablassend mißtrauisch wie der Oberkellner eines Fünfsterne-Lokals den Gast, der vergessen hat, einen Tisch zu reservieren.

»Dürfte ich Sie um Ihre Einladungskarte bitten?«

Nun besaß Minister Keller zwar eine Einladungskarte, war aber gar nicht auf den Gedanken gekommen, sie einzustecken, denn bei anderen Anlässen dieser Art war er noch nie in die Lage gekommen, sie vorweisen zu müssen. Das lag natürlich daran, daß er all die anderen Male mit dem Dienstwagen vorgefahren war und damit seinen Status gewissermaßen per PS nachgewiesen hatte. Ohne Mercedes mit Fahrer war er einfach ein Mann mit dreckigen Schuhen.

»Ich bin Bundesminister Keller«, sagte er.

»Dürfte ich Sie dann um Ihren Ausweis bitten?«

Leider hatte seine Frau ihn zu oft ermahnt, sich nicht immer die Taschen so vollzustopfen und damit seine Anzüge auszubeulen. Minister Kellers Jackett saß faltenlos. Aber er konnte nicht nachweisen, daß er Minister Keller war.

»Sie müssen mich doch kennen«, setzte er an.

»Ich müßte Sie kennen«, bestätigte der Mann mit den

breiten Schultern. »Ich kenne eigentlich alle bedeutenden Leute dieser Stadt. Aber ich kann mich nicht erinnern, Sie schon einmal gesehen zu haben.« Seine Stimme war bedrohlich hart geworden, und Minister Keller fiel auf, daß sein Gegenüber ganz offensichtlich nichts gegen ausgebeulte Jacketts hatte. Die Umrisse einer Waffe zeichneten sich deutlich ab.

»Ich bin aber Minister!«

»Dann werden Sie sicher Verständnis für unsere Sicherheitsvorschriften haben. Ich werde versuchen, möglichst bald jemanden zu finden, der Sie identifizieren kann.«

Es folgten die längsten zehn Minuten in Minister Kellers Leben. Ungeduldig von einem Fuß auf den andern tretend und dabei jedesmal einen erdigen Schuhabdruck hinterlassend, mußte er zusehen, wie der Sicherheitsbeamte jedem der stilvoll vorfahrenden Gäste etwas ins Ohr flüsterte, worauf die den Wartenden prüfend musterten, bedauernd den Kopf schüttelten und in der Botschaft verschwanden.

Während dieser zehn Minuten tat Minister Keller zitternden Kinnes einen neuen Schwur: Nie, nie wieder wollte er unbekannt sein! Nie, nie wieder wollte er weniger prominent sein als ein Fußballspieler oder ein Schlagersternchen!

Und als schließlich der Botschafter persönlich geholt wurde und sich wortreich entschuldigte, da hatte Keller unwiderruflich beschlossen, in jeder Fernsehsendung, auch in der verrücktesten, mitzumachen und dabei vor nichts, aber auch gar nichts zurückzuschrecken.

53

Daß das Konzept zu der Sendung, die Minister Kellers endgültigen Abschied von der Anonymität bedeuten sollte, in der Fernsehkantine entstand, wäre an und für sich noch nicht berichtenswert. Es sind dort schon viele Sendungen entstanden, und Balthasar Pfau hatte sogar einmal das Naturgesetz postuliert: Der Getränkeumsatz in der Kantine steht in direktem Verhältnis zur Kreativität der Mitarbeiter und in umgekehrtem Verhältnis zum Erfolg der dort erfundenen Sendungen.

Aber diesmal war alles ganz anders. Der erlösende Einfall für die neue Samstagabendshow von Thilo Schmedes hatte nichts mit der Getränkebar zu tun, sondern wurde vom Kuchenbuffet inspiriert. Oder genauer gesagt, von der neuen Mitarbeiterin dort.

Es war Katharina M nicht leicht gefallen, ihre Arbeit im Kiosk nach so vielen Jahren aufzugeben. Sie, hatte sich an ihre treuen Kunden und deren Sonderwünsche gewöhnt und befürchtete sehr, daß ihre Nachfolgerin nicht rechtzeitig daran denken würde, die kleinen teuren Zigarren für Rechtsanwalt Hopf zu bestellen. Aber als sie diese Anzeige gelesen hatte, in der eine sympathische Kollegin für das freundliche Team der Fernsehkantine gesucht wurde, da hatte sie das als Wink des Schicksals verstanden. Wo sonst konnte sie den Größen des Bildschirms so nahe kommen wie zwischen Würstchen und Kartoffelsalat? Wußte sie nicht aus dem ›Fleischergewerbe‹, daß Thilo Schmedes Sauerbraten über alles liebte? Mußte er also nicht früher oder später sein Lieblingsgericht bei ihr bestellen? Und konnte es ein perfekteres Attentat geben, als ihn dann mit einer sorgfältig als Semmelknödel getarnten Bombe in die Luft zu sprengen?

Sie hatte wochenlang auf die Gelegenheit warten müssen, aber dann stand Schmedes plötzlich doch leibhaftig vor ihr und bestellte – nein, keinen Sauerbraten, sondern nur zwei Kaffee und einen doppelten Cognac. Der Cognac war für Redakteur Schmidt-Schmitt bestimmt, der mit dem leicht grünlichen Lächeln eines magenkranken Stehgeigers hinter ihm herzottelte.

Schmidt-Schmitts Unwohlsein rührte von der Tatsache her, daß der Unterhaltungschef ihm kategorisch befohlen hatte, jetzt endlich das Konzept für die neue Samstagabendshow auf den Tisch zu legen, und zwar innert vierundzwanzig Stunden. »Nehmen Sie sich den Schmedes halt zur Brust!« hatte Waschoda in dem mißmutigen Ton gesagt, den er sich in den letzten Wochen angewöhnt hatte. Seither überlegte Schmidt-Schmitt verzweifelt, wie er das denn anstellen sollte. Sein gutes und arbeitsvermeidendes Einvernehmen mit dem Star-Moderator beruhte ja gerade auf der unausgesprochenen Abmachung, diesen nie mit irgendwelchen konkreten Problemen zu belästigen.

»Was ist Ihnen denn über die Leber gelaufen?« fragte Schmedes und schob dem Redakteur das Cognacglas hin.

»Nichts Schlimmes. Wahrscheinlich eine Magenverstimmung. Übrigens, wir sollten bei Gelegenheit mal irgendwann doch ...«

»Ja?«

»Mir persönlich eilt es ja überhaupt nicht, aber die Pressestelle –Sie wissen ja, wie Pressestellen sind. Ich werde halt ein bißchen gedrängt.«

»Kein Problem. Ich erledige das heute noch.«

Schmidt-Schmitt, der den Alkohol sowieso schlecht vertrug, verschluckte sich an seinem Cognac. »Soll das heißen, Sie haben schon ...?«

»Ich habe noch nicht. Aber das ist ja in fünf Minuten gemacht.«

»Was?«

»Ich seh mir die Fotos heute abend durch und gebe Ihnen morgen Bescheid, welches für die Autogrammpostkarte verwendet werden soll.«

»Ach so, die Autogrammkarte.« Schmidt-Schmitt sagte das so enttäuscht wie ein kleiner Junge, der unter dem Weihnachtsbaum statt der elektrischen Eisenbahn ein paar warme Socken vorfindet und sich trotzdem höflich bedanken muß.

»War noch was?«

»Nein, nein, natürlich nicht. Nur so ganz privat, aus rein persönlichem Interesse: Wie weit sind wir eigentlich mit dem Konzept?«

Thilo Schmedes wurde der Antwort enthoben, denn in diesem Augenblick trat Katharina M an den Tisch und stellte eine Doppelportion Schwarzwäldertorte vor ihn hin.

»Das habe ich nicht bestellt.«

»Ich möchte Ihnen die Torte schenken. Einfach aus Verehrung.«

»Das ist lieb von Ihnen, wirklich sehr lieb. Leider sind mir die Autogrammkarten ausgegangen, aber es werden nächstens neue gedruckt.«

»Vielen Dank«, sagte Frau M und ging schnell hinter dem Tresen in Deckung.

Thilo Schmedes schob den Teller dem Redakteur hin.

»Ich mag keine Süßigkeiten. Aber Sie sehen aus, als ob Sie eine Stärkung brauchen könnten.«

Die explodierende Schwarzwäldertorte überzog Schmidt-Schmitts Gesicht mit einer Kruste aus Sahne, Schokoflocken und eingemachten Kirschen. Der Teller landete nach einem dreifachen Salto wie das neckische Hütchen eines Clowns auf seinem Kopf. Ganz langsam kippte Schmidt-Schmitt samt seinem Stuhl nach hinten und lag zappelnd auf dem Rücken, wie Kafkas Käfer in einer Inszenierung der Marx Brothers. Er versuchte sich aufzurichten und kollidierte dabei mit dem Nebentisch. Eine Terrine Gulaschsuppe geriet ins Rutschen und ergoß ihren Inhalt über ihn. Er rappelte sich auf und tastete sich blind zur Ausgangstüre. Eine hübsche Sekretärin der Abteilung Honorare und Lizenzen war vor Schreck aufgesprungen, geriet zwischen seine ausgestreckten Hände, schrie auf und versuchte sich aus der ungewollten Umarmung zu befreien. Es sah aus, als ob die beiden miteinander Walzer tanzten. Sie stieß Schmidt-Schmitt weg, doch der hatte sich in seiner Todesangst an ihrer Bluse festgekrallt und ließ nicht los. Der dünne Stoff riß, und da die Sekretärin keinen Büstenhalter trug, bemerkte dann fast niemand mehr, wie Schmidt-Schmitt über einen Schirmständer stolperte, die falsche Türe aufriß und kopfvoran im Pissoir landete.

Balthasar Pfau kicherte als erster. Dann stimmten alle andern ein. Brüllendes Gelächter erfüllte die Kantine.

Und Thilo Schmedes wußte endlich, wie seine neue Sendung aussehen würde.

54

»Ich habe Ihnen Likörpralinen mitgebracht«, sagte Waschoda.

»Danke«, antwortete Frau Gutermuth. »Ich esse so was nicht mehr.«

Kein Löwe, der statt nach Pferdefleisch plötzlich nach Haferschleim brüllt, hätte bei seinem Dompteur mehr Verblüffung auslösen können.

»Aber warum denn?« fragte Waschoda.

»Das in der Schokolade enthaltene Koffein ist im Zusammenwirken mit Alkohol höchst ungesund. Außerdem nehme ich ab. Ist Ihnen das nicht aufgefallen?«

»Doch, natürlich. Gleich, wie ich in die Küche gekommen bin, habe ich gedacht...«

»Es sind schon fast zwei Pfund«, sagte Frau Gutermuth stolz.

»Sicher eine Diät aus dem ›Telegramm‹.«

»Das ›Telegramm‹ lese ich nicht mehr.«

»Was?« Frau Gutermuth ohne ›Telegramm‹ war so schwer vorstellbar wie Günther Strack ohne Bauch.

»Diese Zeitung appelliert an die primitivsten Instinkte einfacher Menschen.«

Zu Waschodas Überraschung kam das ungläubige Staunen über die Tatsache, daß Frau Gutermuth in einem einzigen Satz drei Fremdwörter benutzt hatte, ohne auch nur eines davon falsch anzuwenden. »Aber Sie haben doch an jedem Morgen...«

»Seit vier Wochen nicht mehr.«

»Auch nicht das Horoskop?«

»Vor allem nicht das Horoskop.«

Waschoda rührte, ohne es zu merken, bereits das fünfte Stück Zucker in seinen Kaffee. Kein Wunder, daß sein Orakel nicht mehr funktionierte! Eine Haushälterin ohne ›Telegramm‹ war wie eine Pythia ohne berauschende Dämpfe. »Aber warum denn?« fragte er.

»Allein schon das Mädchen auf Seite zwei wäre Grund genug. Diese unreflektierte Zurschaustellung sekundärer Geschlechtsmerkmale ist ein typisches Beispiel für ... für ...« Sie zögerte, fischte ein kleines Notizbüchlein aus dem Ausschnitt, blätterte und fuhr fort: »... für strukturelle Gewalt gegen uns Frauen.«

»Wo haben Sie denn das her?« fragte Waschoda.

»Man hat auch höhere Interessen«, antwortete die Haushälterin und bekam ganz verklärte Augen. »Mein Sinn für die wirklich wichtigen Dinge im Leben ist erweckt worden.«

»Von wem?«

Frau Gutermuth errötete so heftig, daß ihre wabbelnden Bäckchen wie Tomaten leuchteten. »Ich bin nicht für jeden nur eine Kaffeeköchin.«

Waschoda warf noch mal zwei Stück Zucker in seine Tasse und bemühte sich um einen harmlosen Ton. »Bei all diesen neuen Interessen wird Sie das Geschenk, das ich Ihnen mitgebracht habe, dann sicher auch nicht interessieren.«

»Ich esse keine Süßigkeiten mehr.«

»Nicht die Pralinen. Ich habe ein Foto für Sie organisiert. Vom Naabtal-Duo. Mit beiden Unterschriften.«

Auch ein noch so nachhaltig zum Haferschleim bekehrter Löwe kann schwach werden, wenn ihm der Geruch eines Filetsteaks um die Nüstern streicht. Frau Gutermuth kämpfte einen harten Kampf mit sich. Und sie gewann.

»Nett von lhnen«, sagte sie mit sichtlicher Überwindung. »Aber schenken Sie das Foto doch einer der Damen in Ihrem Büro. Die werden sich bestimmt drüber freuen.«

»Das wird nicht gehen. Es ist Ihnen nämlich persönlich gewidmet.« Waschoda zog das Foto aus der Tasche und las vor. »Der lieben Mimi Gutermuth mit herzlichen Grüßen und einem dicken Kuß von Wolfgang Edenharter und Willy Seitz.«

»Ich will es aber nicht«, sagte Frau Gutermuth mit zitternder Stimme.

»Na schön, dann schmeißen wir's eben weg.« Waschoda faßte das Bild mit beiden Händen und begann es ganz langsam zu zerreißen. Frau Gutermuth sah mit schreckgeweiteten Augen zu, wie sich der Riß durch die Trommel fraß und der Lederhose des Schlagzeugers immer näher kam. Dann hielt sie es nicht mehr aus.

»Nein!« rief sie. »Nicht der Willy!«

Sie wollte Waschoda das Foto wegnehmen, aber der hielt es außer Reichweite, wie der Dompteur das Fleischstück, wenn sein Löwe nicht ordentlich Männchen machen will.

»Erst will ich wissen, wer Ihnen das alles eingeredet hat.«

»Er hat mir nichts eingeredet. Er bildet mich.«

»Wer?«

»Mein Verlobter.«

»Und wie heißt er?«

Frau Gutermuth hüpfte nach dem Foto wie ein sehr großer Gummiball. »Er will nicht, daß ich es Ihnen sage.«

»Dann will er bestimmt auch nicht, daß ich Ihnen dieses

Foto gebe.« Jetzt hatte auch schon die Lederhose einen Riß. »Wie heißt er?«

»Theo«, rief Frau Gutermuth verzweifelt und grabschte nach dem Bild.

»Und wie weiter?«

»Theo Fleck.« Sie drückte das vor einem furchtbaren Schicksal gerade noch bewahrte Naabtal-Duo an den Busen. »Aber Sie dürfen ihm nicht verraten, daß ich ...«

»Aber natürlich nicht, liebe Frau Gutermuth.« Waschoda nahm einen Schluck Kaffee und spuckte die süße Brühe gleich wieder aus. »Von mir wird Herr Fleck kein Sterbenswörtchen erfahren.«

Aber an der Art, wie er dabei seine Halbbrille polierte, hätte jeder seiner Redakteure gemerkt, daß er log.

55

»Ich bin der Unterhaltungschef des deutschen Fernsehens!« schrie Waschoda.

»Aber natürlich«, sagte der Mann im weißen Kittel, »und ich bin der Kaiser Napoleon.«

»Er hat mich gewürgt!« sagte Theo Fleck mit spitzem Mund und rückte die gepunktete Fliege zurecht, die so perfekt auf sein lila Hemd abgestimmt war. Er war schon immer stolz darauf gewesen, der bestangezogene Redakteur im ganzen Privatfernsehen zu sein.

»Umbringen hätte ich Sie sollen!« Waschoda versuchte vergeblich, sich aus dem Griff des Pflegers zu befreien. »Sie haben mein Orakel kaputtgemacht!«

»Haben Sie das gehört?« fragte Theo Fleck. »Verstehen Sie jetzt, warum ich Sie alarmiert habe?«

»Kommen Sie mit!«, sagte der Pfleger mit milder Stimme. »Wir werden Ihr Orakel schon wieder reparieren.«

»Lassen Sie mich los!« schrie Waschoda.

»Halten Sie ihn fest!« sagte Theo Fleck und ging hinter seinem Schreibtisch in Deckung. »Dieser Mann ist gemeingefährlich.«

»Ich bin der Unterhaltungschef des deutschen Fernsehens!«

»Das ist mal was ganz Neues«, sagte der Mann im weißen Kittel. »Das müssen Sie unbedingt dem Professor erzählen.«

»Ich kann Ihnen meinen Ausweis zeigen.«

»Wenn ich Sie dazu loslasse, jaja. Es ist immer wieder faszinierend, wie schlau diese Größenwahnsinnigen sind.«

»Schon wie er sich in unserem Sender eingeschlichen hat!« Theo Fleck häufelte mit zitternden Händen Erde auf die Wurzeln einer aus dem Topf gerissenen Zimmerpflanze. »Plötzlich stand er hier im Büro. Mir war sofort klar: dieser Mann hat es auf mich abgesehen.«

»Sie haben es auf mich abgesehen! Wissen Sie, was er mir angetan hat?«

»Aber natürlich«, sagte der Mann im weißen Kittel. »Er hat Ihr Orakel kaputtgemacht.«

»Er hat meine Haushälterin verführt!«

»Lächerlich«, sagte Theo Fleck. »Ich weiß noch nicht einmal, wie seine Haushälterin aussieht.«

»Wie ein Kartoffelsack!« schrie Waschoda.

»Auch das wird den Professor sehr interessieren«, sagte der Pfleger mild.

»Wollen wir ihn nicht besuchen gehen?«

»Ich habe in meinem ganzen Leben noch keine Frau verführt!« So wie sich Theo Fleck dabei die Lippen betupfte, klang das absolut überzeugend.

»Er lügt! Sie hat es mir selber erzählt. Und außerdem habe ich sofort gemerkt, daß da jemand dahintersteckt.«

»Tatsächlich?« sagte der Pfleger. »Woran denn?«

»Sie weiß, wer Schönberg ist!«

»Heißen Sie Schönberg?« fragte der Pfleger.

»Ich heiße Fleck. Der einzige Schönberg, den ich kenne, ist dieser Zwölftonkomponist.«

»Aha! Aha! Jetzt gibt er es selber zu!« Fast hätte es Waschoda geschafft, sich loszureißen.

Theo Fleck tauchte wieder hinter seinen Schreibtisch und jammerte: »Schönberg kennt doch jeder.«

»Ich nicht«, sagte der Pfleger. »Auf unserer Station hatten wir nur mal einen Grünberg.«

»Eine Haushälterin, die sich für Schönberg interessiert, ist als Orakel völlig unbrauchbar.«

»Sind wir jetzt wieder beim Orakel angekommen? Ich glaube, er hält sich für so eine Art Wahrsager.«

»Ich bin der Unterhaltungschef des deutschen Fernsehens!«

»Aber natürlich«, sagte der Pfleger. »Sie sind der Mann, der all die wunderschönen Programme macht.«

»Das ist vorbei. Ich werde meinen Job verlieren. Weil er meine Haushälterin verführt hat.«

»Nicht weinen«, sagte der Mann im weißen Kittel. »Jetzt erzählen wir das dem Professor, und dann wird alles, alles wieder gut.«

»Schreiben Sie auf, daß er mich gewürgt hat. Mit beiden

Händen gepackt und geschüttelt. In meinem eigenen Büro. Und dazu hat er immer geschrien: ›Sie hat ihn nicht mehr! Sie hat ihn nicht mehr!‹«

»Sie hat ihn wirklich nicht mehr!« Waschoda hatte den Kampf aufgegeben und legte seinen Kopf an die Brust des Pflegers, wie ein Kind, das getröstet werden will.

»Was hat sie nicht mehr?«

»Ihren schlechten Geschmack. Sie hatte einen so wunderbar durchschnittlichen Geschmack. Und jetzt ist alles kaputt.«

»Ist ja gut«, sagte der Pfleger. »Ich lasse Sie jetzt los, aber nur wenn Sie versprechen, ganz friedlich zu sein.«

Waschoda nickte schicksalsergeben, und der Pfleger löste seinen Haltegriff und holte einen Formularblock aus der Tasche. »Wie heißen Sie?«

»Ich bin der Unterhaltungschef des deutschen Fernsehens!« sagte Waschoda.

»Freut mich«, sagte der Mann im weißen Kittel. »Ich bin Karl der Große.«

56

Es war das erste Mal, daß Thilo Schmedes den Redakteur seines Vertrauens zu sich nach Hause eingeladen hatte, und Schmidt-Schmitt war sich der Bedeutung des Momentes voll bewußt. Er hatte sogar vorübergehend daran gedacht, Blumen oder eine Flasche Whisky mitzubringen, hatte dann aber keinen Weg gefunden, eine solche Ausgabe als Spesen abzurechnen und deshalb wieder darauf verzichtet.

Pünktlich auf die Minute klingelte er an der Türe des bescheidenen Häuschens, wie Thilo Schmedes seine Villa in Interviews immer gerne nannte.

Thilo Schmedes empfing ihn so herzlich wie einen Hollywoodstar, der als Ehrengast einer Show Reklame für seinen neuesten Film machen will. »Ich hoffe, die böse Geschichte gestern in der Kantine hat keine unangenehmen Nachwirkungen gehabt. Alles wieder okay?«

Schmidt-Schmitt fingerte nervös an seiner Stirne herum, als ob dort noch letzte Reste von Schwarzwäldertorte klebten, aber er bestätigte, ja, es sei alles wieder okay.

»Wunderbar! Und ich bin sicher, diese Buffetdame, die hinter dem Ganzen steckt, werden sie auch noch erwischen.«

»Es muß eine Verrückte sein.«

»Oder ein Genie. So, und jetzt trinken wir erst einmal einen Bourbon.

Machen Sie es sich bequem.«

Schmidt-Schmitt setzte sich und griff nach dem bereitstehenden Glas. Aber als er es an die Lippen führte, kam kein Tropfen heraus.

»Köstlich«, sagte Schmedes, »einfach köstlich. Ihr überraschtes Gesicht ist unbezahlbar!«

Schmidt-Schmitt stellte das Whiskyglas auf den Kopf. Der Bourbon blieb im Glas.

»Originell, nicht? Hab ich mir aus den Staaten mitgebracht. Die Flüssigkeit ist unter einer Kunststoff-Folie eingeschweißt. Hauchdünn und völlig unsichtbar.«

»Sehr witzig.«

»Ich wußte, daß es Ihnen gefallen würde. Das Publikum wird begeistert sein!«

»Sie haben doch nicht etwa...?« Schmidt-Schmitt entdeckte auf Anhieb mindestens drei Spiegel, hinter denen eine Kamera versteckt sein konnte.

»Aber nein! Ich bin doch nicht Kurt Felix. Außerdem: nur ein Glas, aus dem man nicht trinken kann, wäre etwas mickrig für den Samstagabend. Ich wollte Ihnen damit nur das Prinzip verdeutlichen.«

»Welches Prinzip?«

»Gestern, als Ihnen die Nudeln aus dieser Gulaschsuppe in die Stirne hingen, ist es mir plötzlich klar geworden. War das nicht ein schöner Moment?«

»Es war furchtbar.«

»Subjektiv gesehen, ja. Aber objektiv... Haben Sie Menschen schon einmal so herzlich lachen hören?«

Schmidt-Schmitt antwortete nicht. Seine Miene machte deutlich, daß er sich an das Gelächter der Kantinengäste bei aller Herzlichkeit nicht gerne erinnerte.

Thilo Schmedes ließ sich in seiner Begeisterung nicht beirren. »Wie oft habe ich mir schon die Frage gestellt: Womit kann ich meine Zuschauer wirklich glücklich machen? Dank Ihnen, mein lieber Schmidt-Schmitt, habe ich jetzt die Antwort gefunden.« Er machte eine Pause, die so vielversprechend war, daß jeder Regisseur sofort auf eine Großaufnahme seines Gesichtes geschnitten hätte. Den nächsten Satz sprach er mit jener stolzen Bescheidenheit, die er sonst für die Worte »Zum ersten Mal im deutschen Fernsehen« reserviert hatte: »Der Zuschauer ist nur dann wirklich glücklich, wenn es einem anderen schlecht geht.«

»Wie bitte?« sagte Schmidt-Schmitt.

»Alle großen Entertainer haben dieses Geheimnis gekannt. Molière. Buster Keaton. Peter Frankenfeld. Alle rutschenden Hosen, alle fliegenden Cremetorten, alle Stürze in den Swimmingpool beruhen nur auf dieser Erkenntnis! Aber ich werde der erste sein, der daraus eine große Samstagabendshow macht!«

»Sie wollen den Kandidaten Cremetorten ins Gesicht werfen?«

»Ganze Konditorläden! Ich werde sie teeren und federn, ihnen die Stuhlbeine ansägen, sie mit Farbe begießen, mit Wasser überschütten, ihnen Senf in die Haare schmieren – und am Schluß werde ich ihnen dankbar die Hand schütteln und ihnen dazu gratulieren, daß sie so viel Humor bewiesen haben.«

»Das macht doch niemand mit!«

»Sie werden in einer Flut von Bewerbungen ertrinken. Aber wir nehmen nicht jeden. In meiner neuen Show werden nur ganz prominente Kandidaten auftreten! Vom Minister aufwärts.«

»Ich möchte Ihnen ja nicht widersprechen ...«

»Sehen Sie, mein lieber Schmidt-Schmitt, genau das ist es, was ich an unserer Zusammenarbeit so schätze. Aber bevor wir über die Details reden, nehmen Sie erst mal eine Havana! Es ist schließlich ein guter alter Brauch, daß Väter nach der Geburt ihrer Kinder Zigarren verteilen.«

Der Redakteur griff zu, obwohl er sonst eigentlich nur Menthol-Zigaretten rauchte. Das sorgfältige Anzünden gab ihm Zeit, eine Reaktion auf Schmedes' Neuigkeit noch ein bißchen hinauszuschieben. »Sie wollen also Ihre Kandidaten quälen?« fragte er.

»Ich will meine Zuschauer beglücken, das ist alles. Wenn sie sich nach einer langen Arbeitswoche müde vor ihr Fernsehgerät setzen, haben sie Anspruch auf Entspannung und

Freude. Und sagt nicht der Volksmund: ›Es gibt keine reinere Freude als die Schadenfreude‹?«

Schmidt-Schmitt drehte nachdenklich seine Zigarre zwischen den Fingern.

»Ätsch!« sagte Schmedes.

»Wie bitte?«

»So soll die Sendung heißen.«

»›Ätsch‹?«

»›Ätsch!‹ Mit Ausrufezeichen. Wie gefällt Ihnen das?«

Bevor Schmidt-Schmitt antworten konnte, explodierte seine Zigarre.

»Ist das nicht ein toller Scherz?« hörte er Schmedes gerade noch fragen.

57

»Siegi«, sagte der Produzent verzweifelt, »Mensch, Siegi, das soll wohl ein Scherz sein!«

»Es tut mir leid.« Siegfried Esche faltete – in einer Geste, die er sich erst seit kurzem angewöhnt hatte – die Hände unterm Kinn. »Ich weiß, die Serie ist nicht ganz erfolglos ...«

»Wir haben Einschaltquoten wie noch nie!«

»... aber ich kann es mit meinem künstlerischen Gewissen nicht mehr vereinbaren, weiterhin den Dr. Patrizius zu spielen.«

Der Produzent war schon lange Produzent, und Siegfried Esche war nicht der erste Star, der auf dem Höhepunkt seiner Karriere plötzlich sein künstlerisches Gewissen entdeckte. »Wenn es um die Gage geht – darüber können wir reden. Schließlich schauen sich die Leute die Sendung vor allem wegen dir an. Und seit dich die Leute alle für einen Wunderheiler halten ...«

»Ich bin nur ein bescheidener Diener der Kunst«, sagte Esche und blickte demütig auf den Perserteppich.

»Natürlich bist du nur ein gewöhnlicher Schauspieler ...«

»So? Ist das die Einschätzung meines Produzenten?«

»Du bist natürlich ein außergewöhnlicher Schauspieler. Aber du bist kein Wunderdoktor. Kein Guru. Kein Heiliger.«

»Du meinst: die Rolle kann ich nicht spielen? Reichen meine handwerklichen Mittel etwa dazu nicht aus?«

Der Produzent hatte viel Erfahrung und wußte, daß es so etwas wie zu viel Lob für einen Schauspieler nicht geben kann. »Ein großer Künstler wie du kann jede Rolle spielen, die er will!«

»König Lear«, sagte Esche versonnen und strich sich über einen nicht vorhandenen Bart. »Ich habe schon immer davon geträumt, mit dem Stück auf Tournee zu gehen.«

»Wenn du zwischendurch mal eine Tournee machen willst, dann läßt sich das natürlich immer arrangieren. Das ist doch kein Grund, den Patrizius aufzugeben. Wir bauen den Drehplan einfach um die Tournee rum.«

Siegfried Esche schüttelte den Kopf. Es war eine Geste voll edlen Mitleids, die Dr. Patrizius immer dann einsetzte, wenn er einem unheilbaren Patienten die letzte Hoffnung rauben mußte. »Nein, den Patrizius fühle ich einfach nicht mehr. Ich brauche eine neue Herausforderung.«

»Hat dir jemand mehr geboten?« Der Produzent war wirklich schon lange im Geschäft. »Wir arbeiten doch so gut zusammen!«

»Aber nein«, sagte Esche, und um ein Haar hätte er »Dummerchen« dazugesetzt. »Ich bleibe dir erhalten.«

»Aber nicht als Patrizius?«

»Ich muß den nächsten Schritt machen auf meinem künstlerischen Weg.«

»Und wo führt der hin?«

Siegfried Esche schloß die Augen und lauschte in sich hinein. »Gestern abend«, sagte er nach einer effektvollen Pause, »stand ich vor fünftausend Menschen.«

»Ich weiß. Diese Veranstaltung deiner Gemeinde. Die Stadthalle soll ja voll gewesen sein.«

»Ausverkauft.« Das schönste Wort, das ein Schauspieler kennt, klang aus Esches ausdrucksvollem Mund wie eine Fanfare. »Die Abendkasse wurde gar nicht mehr geöffnet. Die Leute kamen, weil sie glauben, daß ich sie heilen kann. Ich habe mich meinem Publikum noch nie entzogen.« Ganz wegwerfend, als ob nur von der Anzahl der Vorhänge in einer Volksbühnenvorstellung die Rede gewesen wäre, fügte er hinzu: »Wir hatten elf Heilungen.«

»Ich habe heute im ›Telegramm‹ davon gelesen. Es muß ja wieder ein riesiger Rummel gewesen sein.«

»›Rummel‹ ist wohl nicht das richtige Wort. Oder ist es Rummel, wenn Faust seinen großen Monolog spricht? Wenn Lohengrin die Gralserzählung singt? Ist es Rummel, wenn Menschen ergriffen und im Innersten berührt werden? Ich bin Schauspieler, und ich versuche zu erspüren, was mein Publikum sich wünscht. Es ist nicht mehr der Doktor Patrizius.«

»Was ist es dann?«

»Mir schwebt da eine Rolle vor ... eine Figur ...« Esche mimte Nachdenken. »Ein ganz gewöhnlicher Mensch. Eines Tages spürt er, daß er eine besondere Kraft besitzt. Die Fähigkeit zu heilen. Er wehrt sich zuerst dagegen, er kämpft mit sich, denn er ist von Natur aus bescheiden. Aber dann muß er einsehen, daß er sich seiner Berufung nicht entziehen kann. Er heilt. Kranke, Lahme, Blinde. In jeder Folge ein anderer Fall. Na, ist das ein Konzept?«

Sein Produzent starrte ihn an.

»Ein bißchen was muß natürlich auch den Autoren noch dazu einfallen. Ich bin ja nur Schauspieler. Auf den Titel schreiben wir: ›Nach einer Idee von Siegfried Esche‹.«

»Eine Wunderheiler-Serie?«

»Jede Woche vierzig Minuten menschlicher Tragik. Und dann als krönender Abschluß die wundersame Heilung. Zehntausend jubelnde Menschen in irgendeiner Halle, und ein Kranker wird gesund. Da weint die Nation.«

»Das geht auf gar keinen Fall!« sagte der Produzent.

»Warum nicht?«

»Zehntausend Statisten in jeder Folge! Das verkraftet doch kein Budget.«

Siegfried Esche lächelte triumphierend. »Du solltest mich ausreden lassen. Das ist nämlich gerade das Besondere an meiner Idee: Wir nehmen überhaupt keine Statisten!«

»Eben hast du gesagt ...«

»Ich sagte: zehntausend jubelnde Menschen. Du drehst einfach in den Hallen bei meinen Veranstaltungen mit. Echte Fälle mit echten Kranken! Und keine Schauspieler außer mir.«

»So etwas hat es ja noch nie gegeben.«

»Eben! Wir erfinden eine neue Form der Fernseh-Serie! Das ist eine echte künstlerische Herausforderung!«

Der Produzent war ein erfahrener Produzent, und so erschienen bei den Worten »künstlerische Herausforderung« sofort Einschaltquoten vor seinem inneren Auge. Es gefiel ihm, was er da sah. »Mensch, Siegi«, sagte er, »ich glaube, du hast wirklich was!«

»›Der Heiler‹. Wäre das nicht ein guter Titel? Mit einer Titelmelodie, die ganz leicht nach Kirche klingt.«

»Das Ganze nennen wir journalistische Dramatik. Bei solchen Begriffen beißen auch die Kritiker an.«

»Wir gewinnen den Grimme-Preis!«

»Jeden Fernsehpreis der Welt!«

»Wir lassen den Roman zur Serie schreiben!«

»Mit Vorabdruck im ›Telegramm‹!«

»Und dann drehen wir eine Kinoversion.«

»Wieso denn das?«

»Weißt du«, sagte Siegfried Esche und sah ein ganz kleines bißchen verlegen dabei aus, »einen Oscar habe ich mir schon immer gewünscht.«

58

Wenn es eine Kunstform gab, die Udo Reibedanz aus tiefster Seele verachtete, dann war es die Klamotte. In einem der langen Vorträge, mit denen er Frau Gutermuth zum Idealbild einer Fernseh-Muse zu formen suchte, hatte er ihr ausführlich erklärt, warum es unsinnig, geschmacklos und bar jeden wahren Humores sei, wenn sich jemand einen ganzen zweiten Akt lang in einem Kleiderschrank verstecke. Warum saß dann aber Reibedanz, Schöngeist und einsamer Vorkämpfer für ein anspruchsvolleres Programm, selber in einem Kleiderschrank? Vor wem verbarg er sich zwischen den Kreationen von Miss Molly, dem Spezialgeschäft für die Frau mit ein bißchen mehr Figur? Welches tragische Geschick hatte ihn vom verächtlich lächelnden Kritiker zum Hauptdarsteller eines Schwanks werden lassen?

Um es mit den unsterblichen Worten einer Fernsehansagerin zu formulieren: Das, liebe Zuschauer, geschah in den letzten Folgen:

Udo Reibedanz hatte es unter Aufbietung seiner sämtlichen argumentatorischen Fähigkeiten zwar erfolgreich vermieden, sich auf einen Hochzeitstermin mit Frau Gutermuth festzulegen, aber ihrem Drängen, sie doch auch einmal in ihrem trauten Heim zu besuchen, hatte er nichts entgegenzusetzen gehabt. Ihre Wohnung war in einem Gelsenkirchener Barock von solcher Scheußlichkeit eingerichtet, daß jeder einigermaßen empfindsame Mensch sofort die Vorhänge mit der Goldkante hätte aufreißen und sich aus dem Fenster stürzen müssen. Reibedanz, seiner Mission eingedenk, blieb hart, auch als er die erschreckende Feststellung machen mußte, daß röhrende Hirsche nicht nur Symbol für kitschige Geschmacklosigkeit, sondern auch vierfarbig gedruckte Realität sein können. Er atmete tief durch und sagte: »Nett haben Sie's hier.«

»Sag du zu mir, Theo!«

»Nett hast du's hier.«

»Gell?« Frau Gutermuth hatte die Eigenschaft, bei diesem Wort den Ton über eine halbe Oktave nach oben zu modulieren, was dem auf Zwölftonmusik eingeschworenen Reibedanz die Zähne schmerzen ließ wie eine kratzende Kreide an einer Schiefertafel.

»Man müßte vielleicht einmal eine Fernsehsendung über berühmte Möbelgestalter machen«, sagte er schnell. »Corbusier, Saarinen ...«

»Louis Kenz.«

»Wer ist Louis Kenz? Ein Amerikaner?«

Frau Gutermuth fuhr ihm zärtlich durch das nicht mehr ganz so dichte Haar und sagte in mütterlichem Ton: »Alles kann auch mein kluges Theolein nicht wissen. Louis Kenz ist doch dieser französische König, der all die schönen Möbel gebaut hat.«

Es war noch nicht dieser Schock, der Udo Reibedanz sich in den Kleiderschrank flüchten ließ. Es war auch nicht die Tatsache, daß Frau Gutermuth die echte Klee-Lithographie, die er ihr geschenkt hatte, abgenommen und durch ein Plakat des Fanderl Lois ersetzt hatte.

»Er tut mir halt so leid«, sagte sie. »So ein junger Mensch und sein ganzes Leben im Rollstuhl! Aber die Lieder sind frei!«

»Reiner Kitsch!«

»Natürlich, Theolein«, sagte Frau Gutermuth. »Du hast ja völlig recht. Aber man kann so wunderschön dabei weinen. Männer verstehen das bloß nicht.«

Bevor Udo Reibedanz zu einem längeren Exkurs über den Unterschied von echter Tragik und tränenseliger Sentimentalität ansetzen konnte, legte ihm seine Beinah-Verlobte den Finger auf die Lippen. »Mach die Augen zu«, sagte sie. »Ich habe eine Überraschung für dich.«

Die Überraschung steckte in einem himmelblauen Umschlag, auf dem zwei Paradiesvögel miteinander schnäbelten. Es waren Eintrittskarten für das Gastspiel des Fanderl Lois.

»Du mußt einfach mitkommen«, sagte Frau Gutermuth. »Ich bin auch in den ›Sommernachtstraum‹ gegangen und in dieses Konzert, wo sie die ganze Zeit die gleiche Melodie gespielt haben.«

»Das war der ›Bolero‹ von Ravel.«

»Auf jeden Fall war es langweilig. Aber ich bin mitgegangen, weil ich dich liebe und weil du gesagt hast, man kann etwas lernen dabei. Jetzt lade ich dich mal ein.«

»Wenn du zum Auftritt von diesem Fanderl gehst«, sagte Reibedanz, »zu dieser Rührseligkeits-Orgie, dann ... dann ...«

Er kam nicht mehr dazu, die Konsequenzen aufzuzählen, denn in diesem Augenblick klingelte es an der Türe. Frau Gutermuth ging hinaus, um zu öffnen. Und wenige Augenblicke später hörte Reibedanz den Satz, der ihn zur sofortigen Flucht in den Kleiderschrank veranlaßte.

»Das ist aber eine Überraschung!« sagte Mimi Gutermuth. »Bitte kommen Sie doch herein, Herr Waschoda!«

59

Unterhaltungschef Waschoda sah mitgenommen aus, nicht nur weil ein Bügel seiner Halbbrille bei dem Gerangel mit dem Pfleger kaputtgegangen war. Es hatte etliche Schwierigkeiten bereitet, den Professor in der psychiatrischen

Klinik davon zu überzeugen, daß er es nicht mit einem besonders interessanten Fall, sondern nur mit dem Opfer einer Verwechslung zu tun hatte. Und kaum war er den Fängen des Gesundheitswesens entronnen, da hatte auch schon im Büro Schmidt-Schmitt auf ihn gewartet und ihm erzählt, wie sich Thilo Schmedes seine neue Sendung vorstellte, eine Information, die auch nicht gerade zur Förderung seines seelischen Gleichgewichtes beitrug.

»›Ätsch‹? Ist das sein Ernst?« hatte Waschoda geflüstert und sich unauffällig umgesehen, ob nicht schon wieder irgendwo ein Mann im weißen Kittel lauerte.

»Er hat mir sogar eine Knallzigarre angeboten.«

»Und Sie meinen wirklich, wir sollten ...?«

Schmidt-Schmitt hatte seine arbeitsfreie Position nicht durch das Äußern eigener Meinungen errungen. Er hob nur die Achseln und sagte: »Es ist zunächst mal der Vorschlag von Thilo Schmedes. Die Entscheidung liegt natürlich bei Ihnen. Zum Glück haben Sie ja den absoluten Riecher für den Publikumsgeschmack.«

Aber Waschodas absoluter Riecher hieß Gutermuth, und diese Nase war neuerdings von Kulturbakterien infilziert und für das Erspüren der Volksmeinung völlig unbrauchbar geworden. Oder gab es doch noch Hoffnung? Wer im Sturm orientierungslos auf hoher See treibt, wirft seinen Kompaß nicht über Bord, auch wenn der nicht immer zuverlässig nach Norden zeigt. Und so war der Unterhaltungschef nicht nach Hause gefahren, sondern auf direktem Wege zu seinem Orakel.

»Das ist aber eine Überraschung!« sagte Mimi Gutermuth. »Bitte kommen Sie doch herein, Herr Waschoda!«

»Tut mir leid, daß ich Sie so spät abends zu Hause belästige . . .«

»Aber das ist doch keine Belästigung! Und mein Theo wird sich sicher freuen, Sie kennenzulernen.«

»Wer?«

»Mein Verlobter, Theo Fleck.«

»Ist er hier?« Waschoda faßte unwillkürlich an die schmerzende Stelle, die der feste Griff des Pflegers an seinem Oberarm zurückgelassen hatte.

»Wir haben gerade über moderne Inneneinrichtungen diskutiert. Ich interessiere mich sehr dafür.« Sie öffnete die Wohnzimmertüre, auf der ein geschnitzter Gruß aus Tegernsee die Botschaft vom trauten Heim verkündete, das Glück allein bedeutet. »Kommen Sie doch herein! Theolein, rate mal, wer da ist!«

Aber Theolein war nirgends zu sehen.

»Wahrscheinlich mußte er mal für kleine Jungen.« Frau Gutermuth errötete verschämt. »Kann ich Ihnen einen Eierlikör anbieten?«

»Danke, nein. Ich wollte nur Ihre Meinung zu einer neuen Sendung wissen.«

»Sie müßten mal etwas über moderne Möbelgestalter machen.« Frau Gutermuth versank tief in der Lederimitation ihres praktischen Fernsehsessels mit dem hochklappbaren Fußteil. »Theo meint auch . . .«

»Ich möchte Ihnen gerne erzählen, was Thilo Schmedes für seine neue Show vorhat.«

»Sicher etwas Schönes. Ich werde nie vergessen, wie er damals dieser armen Mutter mit den Fünflingen all die süße Babywäsche geschenkt hat.«

»Seine neue Sendung sieht ein klein bißchen anders aus.«

Waschoda begann zu erzählen und beobachtete bei jedem Wort Frau Gutermuths Gesicht so gespannt wie ein Goldsucher die Anzeige seines Metalldetektors.

Bei der Cremetorte blieb das Gesicht noch ziemlich unbewegt. Beim angesägten Stuhlbein ruckten die Mundwinkel ganz leicht nach oben. Der über den Kopf gekippte Wassereimer bewirkte schon ein eindeutiges Schmunzeln, und beim in die Haare geschmierten Senf prustete Frau Gutermuth laut heraus.

»Würden Sie sich so eine Sendung ansehen?«

»Senf im Haar!« brüllte Frau Gutermuth und haute sich auf die schinkenförmigen Oberschenkel. »Ein Minister mit Senf im Haar! Oder Ketchup, das wäre noch lustiger!«

»Es gefällt Ihnen also?«

»Eine Cremetorte ins Gesicht!« Frau Gutermuth wabbelte vor Vergnügen wie ein Pudding im Speisewagen. »Wie bei ›Tutti frutti‹!«

»Sie finden also, wir sollten diese Sendung machen?«

»Ja«, kicherte Frau Gutermuth.

»Nein!« rief Udo Reibedanz und sprang aus dem Kleiderschrank.

»Wieso versteckst du dich denn, Theolein?« fragte Frau Gutermuth. »Du mußt doch nicht so schüchtern sein. Das ist der Herr Waschoda, du weißt schon, wo ich den Haushalt mache, und das ist ...«

»Udo Reibedanz!«

»Nein, das ist Theo Fleck. Mein Verlobter.«

»Frau Gutermuth«, sagte Waschoda, und ohne die schief sitzende Halbbrille hätte er richtig feierlich ausgesehen, »Frau Gutermuth, dieser Mann ist ein Hochstapler.«

In den alten Schwänken, die Udo Reibedanz so gar nicht

mochte, pflegten die Autoren sorgsam zwischen »kleiner Lacher«, »großer Lacher« und »Bombe« zu unterscheiden. Für die Reaktion, die Waschodas Mitteilung auslöste, hätten sie wohl die Bezeichnung »Erdbeben« eingeführt.

»Was?« kreischte Frau Gutermuth.

»Ein Betrüger«, sagte Waschoda düster.

»Aber ...«, begann Reibedanz.

»Er hat sich nur an Sie herangemacht, weil er genau wußte, wie wichtig mir Ihr Urteil ist.«

»Ich wollte doch nur etwas für ihre Bildung tun.«

»Er hat Ihre Gefühle schamlos ausgenützt.«

»Casanova!« schrie Frau Gutermuth und bewies damit, daß Udo Reibedanz' Anstrengungen zumindest in diesem Punkte nicht ganz vergeblich gewesen waren. Noch vor wenigen Wochen hätte sie wahrscheinlich »Casablanca!« geschrien.

»Belogen und betrogen hat er Sie.«

»Und er hat mich so zärtlich geküßt!« jammerte Frau Gutermuth – eine Zeile, die Herr Marhenke sofort zum Refrain eines Schlagers gemacht haben würde.

»Man muß für die Kultur auch Opfer bringen.«

Frau Gutermuth riß schluchzend die Schublade der Kommode auf, holte eine Großpackung Likörpralinen hervor und stopfte sich eine Handvoll in den Mund. »Du wolltest nur meinen Körper«, sagte sie mit so viel tragischer Würde, wie es die süße Masse zuließ.

»Es ist wohl am besten, wenn ich mich jetzt verabschiede«, sagte Udo Reibedanz. Niemand widersprach ihm. Mit hängendem Kopf ging er hinaus, vorbei am röhrenden Hirschen, am Gruß aus Tegernsee und einem Strauß bunter Blumen aus Plastik. Er war schon auf der

Treppe, als die Wohnungstüre hinter ihm noch einmal aufgerissen wurde. »Morgen gehe ich ins Konzert vom Fanderl Lois!« rief ihm Frau Gutermuth nach. »Damit du es nur weißt: Ich liebe ihn!«

60

Sie liebten ihn! Zum ersten Mal in seiner politischen Karriere spürte Minister Keller, daß die Menschen ihn mochten, und das machte ihn glücklich.

Ganz am Anfang der Show, als sich herausstellte, daß das Kissen auf seinem Platz gar kein Kissen, sondern ein kaschiertes Wasserbecken war, hatte er sich ja noch geärgert. Als ihm der Edelstahl-Roboter das Getränk über die Hose statt ins Glas leerte, war er sogar ausgesprochen sauer gewesen. Aber Thilo Schmedes hatte beide Male nur geschmunzelt: »Ja, ja, mit Überraschungen muß man rechnen, wenn man bei ›Ätsch!‹ mitmacht!«, und die Zuschauer hatten sich über Kellers nassen Hintern mehr gefreut als über jede erfolgreich durchgepaukte Gesetzesvorlage.

Bei der fröhlichen Spielrunde am Klavier hatte er die Sympathie der Menschen dann wirklich gespürt. Es ging bei dem Spiel darum, die richtigen Töne für »Oh, du lieber Augustin« zusammenzusuchen, und bei jedem falschen Ton kippte der Klavierstuhl ein bißchen mehr nach hinten, bis Keller schließlich auf dem Boden landete. Es war aber gar nicht der Boden, sondern eine Mulde voller Mehl, die Celeste Putzenmayer heimlich hingeschoben hatte.

Celeste, in ihrem lustigen Hexenkostüm sofort zum Publikumsliebling geworden, war es dann auch, die ihm fürsorglich das Mehl vom Rücken klopfte, nur hatte sie ihre Hände vorher in einen Farbeimer getaucht und hinterließ bei jeder Berührung einen bunten Abdruck auf Kellers bestem Anzug. Ein Aufschrei ging durch die Halle, und in der ersten Reihe reckte Dr. Dünsheimer zum Zeichen des Triumphs den Daumen in die Höhe.

Dann sang der Kinderchor mit den Zahnlücken und den jungen Hunden. Die Leute fanden das ganz niedlich, aber so richtig gejubelt wurde erst, als Minister Keller anschließend einen Hindernisparcours absolvieren mußte. »Es ist eine Spielrunde für Tierliebhaber«, hatte Thilo Schmedes gesagt, und tatsächlich: jedesmal wenn Keller von einem Hindernis abrutschte, landete er in einem Haufen Hundescheiße, den die zweihundertfünfzig jungen Hunde ohne jede zusätzliche Gagenforderung zur Verfügung gestellt hatten.

Auch einen ernsthaften Teil hatte die Sendung: Thilo Schmedes stellte dem echten königlichen Prinzen besorgte Fragen, und der setzte sich mit hängender Unterlippe für die Erhaltung des Regenwaldes ein. Um deutlich zu machen, was so ein Regenwald überhaupt ist, wurde dann über Minister Kellers Platz eine Dusche in Betrieb gesetzt. Da fing sein Kinn ganz kurz an zu zittern, aber die Leute klatschten und strahlten ihn an, und Minister Keller spürte: Sie mögen mich.

Celeste Putzenmayer brachte ihm ein Handtuch für seine Haare, das war heimlich mit Senf präpariert. »Ja, ja, ein Minister muß eben immer seinen Senf dazugeben!« las Thilo Schmedes von dem großen Pappkarton ab, den ihm ein Assistent neben die Kamera hielt, und als die Leute alle lachten und ganz begeistert waren, da gelang Minister Keller zum ersten Mal in seinem Leben ein spontaner Scherz, und das, obwohl ihm doch ein bißchen von dem Senf ins linke Auge geraten war. »Sie haben mich wohl für ein Würstchen gehalten!« sagte er, die Zuschauer jubelten, und in der ersten Reihe hielt es Dr. Dünsheimer nicht mehr auf seinem Sitz: er sprang auf und schüttelte sich über dem Kopf selber die Hände wie ein siegreicher Boxer.

Es konnte keinen Zweifel geben, Thilo Schmedes' neue Samstagabendshow war ein Riesenerfolg. Da störte es auch gar niemanden mehr, daß Liza Minelli im letzten Moment doch noch abgesagt hatte und Ireen Sheer für sie eingesprungen war. »So etwas gehört doch einfach dazu«, sagte Thilo Schmedes geistesgegenwärtig, »wenn eine Sendung ›Ätsch!‹ heißt.«

Und dann stellte sich auch noch heraus, daß die Garderobe, in die Celeste Putzenmayer den Minister zum Umziehen geführt hatte, auf einer Drehscheibe befestigt war. Die setzte sich mitten im Lied von Ireen Sheer in Bewegung, und Minister Keller stand in Unterhosen vor seinem Millionenpublikum. Ach, wie sie ihn dafür liebten!

Die Leute trampelten und pfiffen und schrien »Bravo!«, und Minister Keller verneigte sich immer wieder und lachte und winkte und hatte schon ganz vergessen, daß er nichts anhatte.

Den tosenden Applaus, als er dann auch noch auf der Schmierseife ausrutschte, mußte man bis Bonn gehört haben, denn gleich nach der Sendung lag da ein Telegramm des Bundeskanzlers, und als Minister Keller es gelesen hatte, wußte er: sein Platz im Kabinett war ihm für alle Zeiten sicher.

Aber viel wichtiger war ihm etwas anderes. Er hatte endlich begriffen, worauf es im Zeitalter des Fernsehens wirklich ankommt.

61

Es folgen jetzt die Happy-Ends.

In der Fernsehunterhaltung ist eine Geschichte immer erst dann zu Ende, wenn sie ihre bestmögliche Wendung genommen hat, und kein Schlußtitel läuft übers Bild, bevor nicht alle Mitwirkenden in einer Reihe stehen, mit Blumensträußen beschenkt werden und dankbar ins Publikum winken. Da diese Chronik der Wahrheit und nur der Wahrheit verpflichtet ist, muß es gesagt sein: genau so war es dann auch.

Die Verleihung der Fernsehpreise, dieses alljährliche Familientreffen des deutschen Entertainments, fand diesmal an einem besonders festlichen Ort statt. Das originale Traumschiff hatte im Hafen festgemacht, seine Lichterketten – in der Helikopteraufnahme sah es wirklich beeindruckend aus – spiegelten sich im Wasser, und Katja Kahlow sprudelte die Superlative nur so ins Mikrophon.

Ja, Katja schleuste keine prominentengeilen Besuchergruppen mehr durch den Sender, sondern stand wieder selber vor der Kamera. Ihr persönliches Happy-End hatte an dem Tag begonnen, als Frau M's Bombe im falschen Studio losging. Sie wurde damals von einem Reporter als Beinahe-

Augenzeugin interviewt; zwanzig Sekunden dieses Gespräches schafften es bis in die Spätnachrichten; dort sah sie zufällig ein Redakteur, bemerkte ihre wohlgeformten Beine und beschloß, sie zu entdecken. Und jetzt stand sie vor der Gangway des Traumschiffes und kommentierte atemlos die Ankunft der Ehrengäste.

»Da ist Giovanni Bosco, in seinem mitternachtsblauen Smoking so jugendlich wie eh und je. Er hat im Laufe seiner Karriere schon alle Fernsehpreise gewonnen, die es zu gewinnen gibt, und wir würden ihn gerne fragen, wen er für heute favorisiert. Aber noch ist er umlagert von Autogrammjägern, die den weiten Weg hier hinaus zum Hafen nicht gescheut haben, um einmal ganz nahe bei ihren Lieblingen sein zu können.«

Die Frage nach den Favoriten stand im Script, um die Fiktion aufrechtzuerhalten, die Preisträger erführen von ihrer Auszeichnung erst an Ort und Stelle. Zwar lagen die Presseinformationen schon in Stapeln bereit, und die Gewinner hatten ihre Überraschung auch schon alle im Hotelzimmer geübt, aber man wollte dem Fernsehzuschauer die Freude nicht verderben.

»Und wer steigt hier aus seinem Wagen? Wer ist der Herr im schlichten dunklen Anzug mit der dezenten silbergrauen Krawatte? Sie kennen ihn wahrscheinlich nicht, meine Damen und Herren, aber er ist der Mann, der hinter den Kulissen des Musikbusiness die Fäden zieht, der Förderer vieler Talente, der Entdecker des Fanderl Lois: das ist der sagenumwobene Herr Marhenke!«

Es war nicht Herr Marhenke, sondern nur sein Privatsekretär Wiedner, aber die kleine Panne fiel überhaupt nicht auf, denn in diesem Augenblick knieten im Spalier hinter den roten Samtkordeln die Menschen nieder. Kerzen wurden entzündet, und eine Stimme, für die sich auch die Jungfrau von Orléans nicht hätte schämen müssen, schmetterte: »Halleluja!« Das war Irene Ems, die unterdessen zu Martha Fiedlers Meisterjüngerin geworden war, eine Rolle, in der sie sich zum ersten Mal so richtig glücklich fühlte.

Die Kameras schwenkten auf Siegfried Esche, dessen heilende Hände unter einem weiten Umhang verborgen waren.

»Herr Esche ...« begann Katja Kahlow.

»Dr. Patrizius!« zischte Irene Ems.

»Sie gelten als sicherer Anwärter für den Titel des beliebtesten Darstellers.«

Esche wehrte ihre Vermutung so bescheiden ab, als wäre es die überschwengliche Dankbarkeit eines geheilten Patienten. »Aber nicht doch! Ich werde mich mit jedem Kollegen freuen, der diese Auszeichnung erhält. Nur deshalb bin ich heute hergekommen.« Mit dem sanften Lächeln eines Menschen, der über diesen Dingen steht, schritt er zur Gangway. Ein Kameramann konnte gerade noch einfangen, wie Irene Ems und Martha Fiedler gemeinsam den Saum seines Umhanges küßten.

»Und hier ist Thilo Schmedes!«

Der Showmaster blieb mit den Händen in den Taschen im Blitzlichtgewitter der Fotografen stehen und brachte seinen Smoking aus der Thilo-Schmedes-Modelinie für den wirklich repräsentativen Mann von allen Seiten zur Geltung. Als Katja Kahlow ihm das Mikrofon hinstreckte, drückte er auf einen Gummibalg, und aus der Blume an seinem Revers spritzte der frischgebackenen Reporterin ein Wasserstrahl mitten ins Gesicht. »Ätsch!« sagte Thilo

Schmedes, und so hatte die Live-Übertragung schon mal einen ersten Höhepunkt.

Der nächste war dann die Ankunft des Fanderl Lois. Herr Marhenke persönlich schob seinen Rollstuhl, und er tat es mit so viel Stolz wie ein Erfinder, der seine neueste Entwicklung zum Patentamt bringt.

Katja Kahlow kauerte vor dem Rollstuhl nieder, was ihre Bewunderung und ihre Beine gleichermaßen zur Geltung brachte. »Was empfinden Sie an diesem Abend?« fragte sie.

»Ja mei«, sagte der Fanderl Lois und hatte ganz feuchte Augen, »schön ist es halt. Aber noch schöner wär's, wenn ich zu Fuß auf dieses Schiff gehen könnte. Es tut schon weh, wenn man immer nur sitzen muß.« Der Schmerz in seiner Stimme war echt, denn seit einigen Tagen plagte ihn ein Furunkel an der Arschbacke.

»Ich wünsche Ihnen trotzdem viel Vergnügen«, sagte Katja Kahlow. »Und Ihnen zu Hause an den Bildschirmen natürlich auch.«

62

Weil die Übertragung von der Ankunft der Gäste anders nicht im Programm zu plazieren gewesen war, blieb bis zum eigentlichen Beginn der Veranstaltung noch eine Menge Zeit. Man traf sich deshalb zunächst bei Sekt und Pils vom Faß, plauderte und machte Komplimente, sah und wurde gesehen, und schnupperte genüßlich den Stallgeruch von lauter Leuten, die auch auf die richtige Seite der

Kamera gehörten. Immer wieder hörte man irgendwo lautes Gelächter, das immer dann besonders herzlich wurde, wenn ein Reporter in der Nähe war.

Zum Beispiel dort, wo Thilo Schmedes das kleine Gerät demonstrierte, mit dem man anderen Leuten beim Händeschütteln einen elektrischen Schlag verpassen konnte. »Wir werden es in der nächsten Sendung vorstellen und dann gleich auf den Markt bringen.«

»Fantastisch! Wo nehmen Sie nur immer diese Ideen her?« fragte der Reporter.

»Im Grunde ist es ganz einfach«, sagte Thilo Schmedes. »Man muß sich nur überlegen, was die Menschen wirklich brauchen.«

»Einschaltquoten«, meinte ein Mitglied des Rundfunkrates, das sich eine der wenigen Sitzgruppen ergattert hatte und dort Hof hielt, »Einschaltquoten sind an sich überhaupt nicht wichtig. Das einzige, worauf es ankommt, ist die künstlerische Qualität.«

»Und wie mißt man die?« fragte jemand.

»In Einschaltquoten natürlich. Wie sonst?«

Herzlinde Wiegandt arbeitete sich mühsam zu Siegfried Esche durch. Der Schauspieler war von einer dichten Traube von Menschen umgeben, die ihm die Symptome schilderten, gegen die ihr Hausarzt kein Mittel gewußt hatte.

»Kann ich Sie einen Augenblick sprechen? Allein?«

»Sie entschuldigen mich, liebe Freunde«, sagte Esche mit sonorer Stimme. »Der Macht der Presse haben wir uns alle zu beugen. Was ist denn, Frau Wiegandt?«

»Sehen Sie, ich weiß, daß das mit Ihrer Heilerei alles nur Humbug ist, und Sie wissen es auch.«

»Und?«

»Könnten Sie nicht trotzdem etwas gegen meine Migräne tun? Diese Kopfschmerzen bringen mich noch um!«

Dragotan Kaminski stand mit Dr. Dünsheimer in einer Ecke und beobachtete das Geschehen mit klinischem Interesse. »Mindestens die Hälfte dieser Leute hat sich schon bei mir Rat geholt.«

»Und hat es jemandem etwas genützt?« Dr. Dünsheimer war durch den Erfolg seines Ministers ein bißchen übermütig geworden.

»Mir«, sagte Kaminski und streichelte den dicken Brillanten auf seiner Hemdbrust.

Der Intendant zog Waschoda am Ärmel beiseite. »Schauen Sie mal unauffällig da drüben. Diese ausnehmend dicke Frau, die sich dort mit Appetithappen vollstopft. Ich weiß gar nicht, wo die hingehört.«

»In meine Küche, Herr Intendant. Maren hat sich beim Jazztanz einen Muskel gezerrt, und da hab ich mir erlaubt, meine Haushälterin mitzubringen.«

»Eigentlich, mein lieber Waschoda«, sagte der Intendant mit leisem Vorwurf, »ist dieser Anlaß ja nur für Leute bestimmt, die etwas mit dem Programm zu tun haben.«

Waschoda schob sich die Halbbrille zurecht und hob sein Glas. »Verehrter Herr Intendant, Sie wissen ja gar nicht, wie recht Sie haben.«

Udo Reibedanz hatte sich ganz allein in einem Winkel verkrochen und sprach immer wieder leise und traurig das Wort »Kultur« vor sich hin.

Aber es hörte ihm niemand zu.

»Hunderttausend Exemplare«, sagte Klaus Hagerer stolz. »Die Leute reißen den Buchhändlern meine Memoiren richtiggehend aus den Händen. Mein Verleger will unbedingt, daß ich gleich einen zweiten Band schreibe.«

»Hast du denn seit dem ersten schon wieder so viel erlebt?« fragte Giovanni Bosco. Wenn er nicht auf Sendung war, sprach er völlig akzentfrei.

»Die Geschichte mit dem Attentat auf mich ist doch ein toller Aufhänger. Wir haben auch schon einen Titel. ›Der Preis des Ruhms‹.«

»Ich weiß, wie du sogar zweihunderttausend Exemplare verkaufen könntest«, sagte Bosco übertrieben freundlich.

»Ja?«

»Das nächste Attentat müßte erfolgreich sein.«

Balthasar Pfau hatte sich seinen Platz direkt an der Pils-Theke gesichert. Mit weit ausholender Geste wies er auf all die Berühmtheiten, schwankte sanft hin und her und sagte zu Redakteur Rößler: »Wenn dieser Kahn jetzt untergeht dann hat der Nachwuchs wieder eine Chance.«

63

Und dann war es endlich soweit.

Sie saßen alle in dem großen Speisesaal, wo schon so manche »Traumschiff«-Episode mit Verlobungen, Versöhnungen und flambierten Eistorten geendet hatte. Von der Platzverteilung an den kleinen Tischen ließen sich die feinsten Abstufungen der Prominenz exakt ablesen, wobei jene Plätze, von denen man überrascht und gerührt aufspringen konnte, ohne dabei die Sektgläser umzuschmeißen, für die Preisträger reserviert waren.

Udo Reibedanz hatte einen Stuhl direkt vor der Bühne angewiesen bekommen, und ein paar glückliche Momente lang glaubte er tatsächlich, man habe seine Verdienste um die Förderung der Kultur und die Verbesserung des Programms doch noch erkannt und wolle seinen heroischen Einsatz mit einer besonderen Auszeichnung ehren. Aber dann merkte er, daß sein Platz im Niemandsland zwischen zwei Kamerapositionen lag, und dort zu sitzen, wo man nie im Bild erscheinen kann, macht einen Fernsehmenschen weit gründlicher zur Unperson als einen Aussätzigen sein Glöckchen.

Die Gäste, sie waren schließlich alle Profis, plauderten locker und unbeschwert und linsten nur ganz unauffällig aus den Augenwinkeln nach dem Rotlicht der Kamera. Dann ertönte eine Fanfare, im Saal wurde es dunkel, der Vorspann flimmerte über die Monitore, und mit höflichem Beifall begrüßte man Isolde Zinger.

»Einen wunderschönen guten Abend, meine Damen und Herren!« Eine transparente Wolke von Silberglimmer umschwebte sie im Lichtkranz der Scheinwerfer, denn ihr Friseur hatte sich, der Feierlichkeit des Anlasses entsprechend, ganz besondere Mühe gegeben. Es war übrigens, der Vollständigkeit dieser Chronik halber soll es angemerkt werden, derselbe Egon gewesen, der Frau M damals ihre Punk-Frisur verpaßt hatte, und es ließen sich an dieser Stelle viele Vermutungen darüber anstellen, wie anders wohl alles gekommen wäre, wenn er sich auch bei ihr für eine Dauerwelle mit silbernen Glanzlichtern entschieden hätte. Aber bleiben wir bei den Fakten.

»Ich bin richtig glücklich«, sagte Isolde Zinger mit erhobenem Zeigefinger, »heute so viele vertraute Gesichter vor mir zu sehen.« Das stimmte nicht ganz, denn bei ihrer Kurzsichtigkeit sah sie kaum über die erste Reihe hinaus, und Kontaktlinsen, davon war sie fest überzeugt, machten ihre Augen glanzlos.

»Wir haben uns hier zusammengefunden, um die Besten unter uns zu ehren. Wer wird eine der begehrten Auszeichnungen mit nach Hause nehmen dürfen? Die Spannung läßt sich fast mit Händen greifen, und so will ich Sie auch gar nicht mit langen Reden auf die Folter spannen.

Aber ein paar grundsätzliche Gedanken werden Sie mir in diesem festlichen Augenblick sicher gestatten. Für wen arbeiten wir alle? Für wen geben wir unser Bestes? Für wen erleiden wir immer wieder die Qualen des Lampenfiebers? Nein«, sagte sie, und ihr Zeigefinger signalisierte einen heiteren Scherz, wie ihn auch Sonntagsschullehrerinnen manchmal machen, um die Klasse aufzuheitern, »nein, ich meine nicht Sie, Herr Intendant! Ich meine die Menschen, denen wir unser Leben gewidmet haben, die Menschen, die uns immer wieder Mut machen, die Menschen, die uns jetzt zu Hause am Bildschirm Gesellschaft leisten. Ich meine unsere Zuschauer!«

Der Applausreflex funktionierte, so wie früher beim obligaten Gruß an die Brüder und Schwestern im Osten.

»Und jetzt freue ich mich ganz besonders, Ihnen jemanden ansagen zu dürfen, der nicht zum Showbusiness gehört und doch öfter vor den Kameras steht als wir alle zusammen: unser Bundeskanzler!«

»Einen wunderschönen guten Abend, meine Damen und Herren«, las der Bundeskanzler ab. »Ich bin hierhergekommen, um einen Mann zu ehren, auf den ich eigentlich böse sein müßte, denn er hat es fertiggebracht, mit einem einzigen Fernsehauftritt noch populärer als ich zu werden. Darf ich bitten, Herr Minister?«

Minister Keller nahm den Preis für den telegensten Politiker mit einem Gefühl tiefster Dankbarkeit entgegen. So hatte es Dr. Dünsheimer für ihn formuliert, und genau so empfand er es auch. Triumphierend wie ein Marathonläufer, der nach übermenschlichen Anstrengungen endlich am Ziel angelangt ist, hob er die Trophäe in die Höhe. Der Sockel aus poliertem Granit löste sich und schlug ihn zu Boden.

»Ätsch!« Thilo Schmedes federte elastischen Schrittes auf die Bühne. »Einen wunderschönen guten Abend, meine Damen und Herren! Ist es nicht wunderbar, wieviel Humor dieser Mann hat? Auch über diesen kleinen Scherz kann er fröhlich mit uns lachen!«

Minister Keller wischte sich fröhlich lachend das Blut vom Kopf und röchelte: »Damit übergebe ich den Preis für die erfolgreichste Show an meinen lieben Freund Thilo Schmedes.«

Der Saal raste. Frau Gutermuth patschte die Hände so heftig ineinander, als wollte sie für Herrn Waschoda einen seiner geliebten butterweichen Kartoffelklöße formen. Dann fischte sie das Taschentuch aus der Untiefe ihres Busens, denn jetzt kam der Fanderl Lois.

Sein Preis wurde von sechs Mitgliedern des Rollstuhl-Tanzclubs Wuppertal überreicht, die ihn mit einer kleinen Showeinlage zur Melodie von »Bloß tanzen kann ich nicht mit ihr« überraschten. Es war rührend, und alle glaubten es dem Fanderl Lois, als er mit bewegter Stimme sagte: »Das ist für mich ein wunderschöner Abend, meine Damen und Herren!«

Klaus Hagerer bekam den Preis für das erfolgreichste Buch und Herzlinde Wiegandt den für die beste Reportage, es gab auch ein paar Preise für Maskenbildner und Tonmeister und andere Leute, die niemanden interessierten, und ganz zuletzt war Siegfried Esche an der Reihe.

Eigentlich setzte der Regisseur das Trockeneis an dieser Stelle ja nur ein, weil einer Fernsehshow ohne Trockeneis einfach etwas fehlt, aber die Wirkung hätte nicht perfekter sein können. Esche schwebte wie eine überirdische Erscheinung durch die künstlichen Wolken, und als er die Hände hob, schienen sie von einer Aura umgeben. Es wurde so still im Saal, daß man von ganz weit weg den Chor der Patrizius-Gemeinde »Halleluja!« und »Hosianna!« singen hörte. Und in diese feierliche Stille hinein sprach Siegfried Esche: »Man hat mich gebeten, Ihnen mitzuteilen, daß gleich anschließend noch ein Fototermin stattfindet.«

64

Den Fanderl Lois hatten sie in die Mitte genommen; sein Rollstuhl war wie ein Thron, um den sich der Hofstaat gruppierte. Die Maskenbildner und Tonmeister, deren Gesichter sowieso niemand erkennen würde, waren von den Fotografen samt ihren Auszeichnungen schon lang aus dem Bild gewinkt worden, und die anderen befeuchteten sich die Lippen und lächelten, klopften sich auf die Schultern und hoben ihre Trophäen in die Höhe, strahlten und warfen Kußhändchen.

Das Publikum hatte sich von den Sitzen erhoben, halb

als Standing Ovation und halb, um schneller am kalten Buffet zu sein, der Regisseur hatte auf eine große Totale umgeschnitten und wollte gerade die Schlußtitel starten, als plötzlich eine Aushilfskellnerin mit kurzen, stachligen Haaren ihr Tablett fallen ließ, ein langes Küchenmesser unter dem Kittel hervorzog und auf die Bühne stürmte.

»Das ist mein Preis!« schrie sie. »Ich habe gewonnen!« Und mit dem Kampfruf »Lucy heißt die Sau!« ging sie auf Klaus Hagerer los.

Was dann folgte, braucht hier nicht im einzelnen beschrieben zu werden, denn wir kennen es alle aus unzähligen Zeitlupenwiederholungen. Wer wird je vergessen können, wie Klaus Hagerer der Angreiferin seine Trophäe entgegenschleuderte, wie er sie verfehlte und Minister Keller für die nächsten Stunden endgültig außer Gefecht setzte? Wer hat nicht schon dutzende Male die Sequenz gesehen, in der Herzlinde Wiegandt in ihrer wilden Flucht den Bundeskanzler über den Haufen rennt? Wer wüßte nicht zu beschreiben, wie die Angreiferin mit einem wahren Hechtsprung Siegfried Esche ihr Messer in die Brust zu rammen versuchte?

Und dann kam die Szene, die jedem, der dabei war, für alle Zeiten unvergeßlich bleiben wird. Siegfried Esche schrie auf, ließ seinen Fernsehpreis fallen und versuchte zu entkommen. Mit voller Wucht rannte er gegen Fanderls Rücken, so daß der gelähmte Sänger wie ein Geschoß aus seinem Rollstuhl katapultiert wurde, direkt auf die wildgewordene Kellnerin zu. Hilflos auf dem Boden liegend sah der Fanderl ein riesiges Messer auf sich zukommen, und da sprang er auf und sprintete in die Kulisse. Die Angreiferin blieb verblüfft und regungslos stehen.

In das allgemeine Staunen hinein ertönte plötzlich Herrn Marhenkes Stimme, und kein Papst hat je feierlicher geklungen. »Ein Wunder!« rief Herr Marhenke. »Er hat ihn geheilt!«

Zum Glück liefen die Kameras noch, und so konnte die ganze Nation den bewegenden Moment live miterleben, wie der Fanderl Lois aus der Kulisse schaute, erleichtert feststellte, daß die Attentäterin sich widerstandslos hatte entwaffnen lassen, und langsamen Schrittes auf Siegfried Esche zuging. Dann fiel er vor ihm auf die Knie und sagte: »Sie haben mich erlöst.«

Die Verschlüsse der Fotoapparate klickten, die Blitzlichter wollten gar nicht mehr erlöschen, und im Ü-Wagen schrie der Regisseur: »Geh näher ran, du Arschloch, ich will die Tränen sehen!«

Zwei Sicherheitsbeamte wollten die Kellnerin mit den stachligen Haaren hinausschleppen, aber Thilo Schmedes ließ das nicht zu. »Gnädige Frau«, sagte er zu ihr, »darf ich Sie als Ehrengast in meine nächste Sendung einladen?«

Und so kam auch für Frau M das Happy-End. Sie reiste von Talkshow zu Talkshow und wurde so prominent, wie sie es sich in ihren kühnsten Phantasien erträumt hatte. Siegfried Esches neue Serie hatte in jeder Folge höhere Einschaltquoten als das Endspiel der Fußball-Weltmeisterschaft, Klaus Hagerer verkaufte vom zweiten Band seiner Memoiren eine Viertelmillion Exemplare, der Fanderl Lois baute sich ein Schloß, dessen Wände er mit goldenen Schallplatten tapezierte, Herzlinde Wiegandt bekam im ›Telegramm‹ ein eigenes Büro und eine eigene Kolumne, Minister Keller gab die Politik auf und stieg als Partner von Dragotan Kaminski in die Medienschulung ein, Herr Marhenke ließ sich von Privatsekretär Wiedner allabendlich zu gregorianischen Psalmen die neuesten Kontoauszüge vorlesen, und Waschoda gewann bis zur Pensionierung alle Sektwetten in seiner Abteilung.

In der letzten Einstellung der legendären Übertragung aus dem großen Saal des Traumschiffes kann man sehen, wie eine fette Frau einen Mann umarmt, der sich nicht mehr wehrt. »Wir wollen uns doch wieder vertragen, Theolein«, flüsterte Frau Gutermuth Udo Reibedanz ins Ohr. »Schließlich war das hier die schönste Fernsehsendung aller Zeiten.«

Dann liefen die Schlußtitel über das Bild.

Charles Lewinsky

Mattscheibe
Ein Fernsehroman.
»Die Sprache ist aalglatt, der Ton heimtückisch und die Kenntnis des Autors vom Seelenleben der Fernsehschaffenden und von der Mattscheibenbedürftigkeit strebsamer Politiker sichtlich eine Nah-Erfahrung. Kurz: Ein Giftblasen werfendes satirisches Stunkstückchen für Mattscheiben-Zyniker, fast so schön wie der Musikantenstadl.«
Ponkie /Die Abendzeitung, München

Der A-Quotient
Theorie und Praxis des Lebens mit Arschlöchern.
»Der Mensch kann auf zwei Arten denken: mit dem Kopf und mit dem Arsch. Die Leistungsfähigkeit des einen Denksystems messen wir als IQ (Intelligenz-Quotient), die des anderen als AQ (Arschloch-Quotient).«

»Schuster!«
Roman einer Talkshow.
»Lewinsky erzählt mit bitterbösem Humor und spürbarem Insiderwissen. Er entlarvt den Zynismus der Branche weder entrüstet noch schockiert, sondern genau so zynisch. Man kann viel lachen bei der Lektüre. Und Gänsehaut bekommen dabei.«
Marie-Louise Stickelberger / Tages-Anzeiger, Zürich